徳川家康

新装版

松本清張

角川文庫
23372

目次

戦国の子

愛知県の名古屋(なごや)市から東へ三十キロばかりのところに岡崎(おかざき)市がある。西の方にはひろびろとした濃尾(のうび)平野を見わたし、水のきれいな矢作(やはぎ)川がそばを流れている、小さなおちついた町である。

今からざっと四百年あまり前の天文(てんぶん)十一年（一五四二年）、徳川家康(とくがわいえやす)はこの岡崎の城で生まれた。家康の父は松平広忠(まつだいらひろただ)といって三河(みかわ)の国（今の愛知県のほぼ東半分）の一部分の小さな大名であった。大名というのはさむらいの大将で、領土といって土地をもっていた。その土地に住む百姓も町人も、みんな大名の命令をきかねばならなかった。

そのころは、日本じゅうの大名がおたがいに戦争をしあっていた。できるだけ自分の土地をひろげたいと思い、となりの領土の大名を攻めたり、よその大名から攻めこまれたりした。武士たちは、今のおとなが会社に行ったり、工場で働いたりするように、毎日、城を攻めたり、野や山で戦った。

何年も何年も、そういういくさばかりがつづいた。そのころを歴史のうえでは、「戦国時代」といっている。まったくたいへんな世の中であった。

もちろん、強い大名も弱い大名もいた。大きな大名も小さな大名もいた。強い大名は、弱い大名をほろぼして、その領分をとり、いよいよ大きくなった。強い大名と強い大名の領分の間にはさまった、小さな弱い大名は、自分の安全のためには、そのときどきの強い大名に味方してもらうため、あっちについたり、こっちについたりした。そして、いつも強い大名のごきげんばかりとらねばならなかった。小さな弱い大名は、あわれであった。

徳川家康の生まれた松平家は、このあわれな小さい大名であった。（徳川というみょう字は、家康が大きくなったあとでつけた。はじめは、松平といった）

東の方には、今川義元（いまがわよしもと）という、広い領土をもった大名がおり、西の方には、織田（おだ）信秀（のぶひで）という、領土はせまいが、やはり強い大名がいた。

松平家は、この両方の強い大名の間にあって、いつもびくびくしていた。とても中立をまもることはできないから、家康の父の広忠の時から、今川義元にたよっていた。

今川義元の領土は、駿河（するが）、遠江（とおとうみ）（今の静岡県の伊豆（いず）地方をのぞいた大部分）、東三河の三か国にまたがっていた。

義元は早くから、京都に出て、天下に号令したいと思っていた。京都には朝廷がある。今でいえば東京にあたる。日本の首府だ。首府の京都で朝廷から位をうけ、日本じゅうを統一しておさめたいとは武将たちのゆめであった。

だから、そのころの強い大名の、上杉謙信（うえすぎけんしん）も、武田信玄（たけだしんげん）も、北条氏康（ほうじょううじやす）も、みんな京都に出たがっていた。かれらは、まわりの強い大名たちを負かして、京都に上ることが大きな望みだった。

武田信玄などは死ぬる最後まで、京都に行くことをゆめみて、家来に、

「あすは、おまえの旗印を瀬田（せた）（京都の入口）に立てよ」

と、うわごとで命令したほどだ。

さて、義元は、早くから京都にあこがれていたけれど、織田信秀がとちゅうにがんばっているので、どうしても織田を倒さなければならない。

それで松平広忠が、義元に、

「あなたの味方をするから、どうか織田が攻めてきたときは守ってください」

といってきたとき、

「よろしい安心しなさい」

と、大きくうなずいてひきうけたけれど、内心はにやりとわらった。

というのは、織田と戦うとき、松平の家来たちを先に出して戦わせようと思ったからだ。義元にとっては、願ってもないことである。

家康は松平家が、こんなあわれなありさまのときに生まれた。天文十一年十二月二十六日である。

家康のおさないときの名は竹千代（たけちよ）といった。

家康の母は、岡崎に近い刈谷（かりや）の城主の水野忠政（みずのただまさ）のむすめであった。（伝通院（でんずういん）夫人という）やさしい母であった。竹千代は岡崎の城内で幸福にこの母から育てられた。けれど、そのしあわせは、竹千代が三つの年までであった。

というのは、忠政の子、竹千代にとってはおじ、母にとっては兄にあたる人が、織田の味方についたことからだ。広忠は自分の妻の兄が織田がたについたので、自分が今川義元から疑われたり、にくまれたりされないかと、たいそう心配して、妻を離縁したのである。

「おまえに罪はないが、松平家のためを思って実家に帰ってくれ」

と広忠は妻にいった。

「はい。あなたや竹千代に別れるのは死ぬほどつろうございますが、しんぼうしておおせに従います」

といって、竹千代の母は、泣く泣く刈谷の水野家へ去った。

三つになる竹千代は、数え年だから、まる二つだ。乳母の手にひかれて、母の乗った輿が遠ざかるのを城からなにも知らずに見送っていた。

竹千代の母はとちゅうまで来ると、輿をかついでいる広忠の家来にいった。

「ここから先は刈谷の領内だから、輿は土地の百姓にでもかついでもらうことにします。おまえたちが刈谷の城まで来ると、兄は気が短いから、おまえたちを殺すかもしれない。そうなると気のどくですし、いつかまた松平家と水野家が仲なおりするときのさまたげになってもいけません。もうよいから、早く岡崎に帰っておくれ」

広忠の家来は、それでは私たちがお送りする役めがすみません、といったが、竹千代の母がどうしてもきかないので、しかたなく、そのとおりにして帰った。

竹千代の母の、このいきとどいた考えの深さは、家康に血をつたえていると思う。

それから四年間、竹千代は岡崎の城で大きくなった。

もちろん、この四年間もたえずほうぼうで大名同士の戦争があった。松平家の中でも、今川に味方する家来と、織田のほうに心をよせる家来とがいつもうちわ争いをくりかえしていた。広忠さえ、家来に殺されかかったくらいだ。

ところが、天文十六年、とつぜん織田信秀が三河の領分に攻めて来て、六か所に攻撃の足場をつくった。

広忠は、びっくりして、顔色をかえて今川義元のところへ使いをやった。

「織田が攻めて来ました。いつ岡崎に攻め入るかわかりません。かねてのおやくそくどおり、軍兵（ぐんぴょう）を出して防いでください」

広忠のこういうたのみを義元は、すぐに、よろしいとは返事しなかった。かれのくちびるのあたりには、ずるいわらいが浮かんでいた。

「おたのみはうけたまわったが、ただでは兵は出せないよ。いつ織田のほうに寝がえりして、こちらがやられるかわからないからな。私を安心させるように、ご子息の竹千代どのを人質におよこしなされ。そうしたら加勢にまいろうよ。広忠どのに、そうお伝えなされ」

義元は広忠の使いに、そう返事した。そのことばを聞いた広忠は、義元がこちらの弱みにつけこんで、人質をとるのだとわかった。人質とは、こちらのたいせつな人間を、たとえば母や妻や子を相手のほうにさし出して、けっしてあなたにそむきません、というやくそくのしょうこにするのだ。もし、そむけば、人質は殺されるから、どうしてもやくそくをまもらなければならぬことになる。広忠はわが子を人質に出したら、ますます義元のいうとおりにならねばならない弱い立場になると思ったが、なにしろ、織田が目と鼻の先にせまって来ているありさまだから、しかたがない。苦しい思いで、六歳になるわが子を今川がたへやることにした。

竹千代は三つのときに母に別れ、今、おさなくして、父にも別れねばならなかった。それが、二度とこの世に会えぬ悲しい親子の別れになるとは知らなかったが。

竹千代は今川のほうへわずかな家来たちと旅だっていったが、これが途中で思わぬ策略で、敵の織田信秀のほうへつれて行かれたのだから、まったく、ゆだんもすきもならぬそのころの世の中である。

広忠は、それより前に、二度めの妻に戸田(とだ)康光(やすみつ)というもののむすめをもらった。つまり、竹千代からすれば、まま母である。

この戸田康光は、自分のむすめを、今川としたしい松平広忠にやっているくせに、自分ではこっそり織田信秀に味方していた。そんなことは、広忠はゆめにも知らない。

竹千代を今川がたにやるのに、陸地を通ってはあぶないというので、戸田の領地から船に乗って、義元のいる駿府に行くことにし、田原（渥美半島の内側にある）から船を出した。船には戸田の家来がたくさん乗り、かじをとっている。

船は鏡のような渥美湾を出て遠州灘にさしかかった。青い、広い海。波間にはねる魚。遠い山。はじめての船旅に、竹千代は目をかがやかしている。

ところが、しばらくすると、竹千代に従っていた家来が、あたりを見ていたが、

「おや、これはおかしい」

といいだした。

「なぜだ」

と、別の家来が、そのことばをとがめて聞くと、

「見ろ、富士山が見えなくなったばかりか、あの海の向こうにかすんで見えるのは、伊勢の山山ではないか」

と、その男はゆびさした。いわれた家来は、じっと見て、

「あ、なるほど。これはとんでもない方角に船がすすんでいる。まるで反対だ。—

――おい、船頭衆。船頭衆。方角がちがうぞ」

と、びっくりして船頭に注意した。

船頭はおどろくかと思いのほか、にやりとわらって、

「やっと気がついたらしいな」

といって、おちついている。

「なに」

と、家来が血相かえたとき、

「これ、松平の衆。おさわぎあるな。船ははじめから尾張の方へすすんでいるのじゃ。竹千代どのを尾張の織田信秀さまにおわたしするためによ」

と、戸田の家来たちが肩をおさえて、せせらわらった。

さてははかられたな、と思ったがおそかった。船の中だし、相手のほうが多いし、どうすることもできない。そのまま、なすままにされるよりほかなかった。

船は織田の領分、熱田についた。

織田信秀は、竹千代がとらわれて来たので大喜び。今川にやる人質をこっちでとったから、これで松平広忠も自分の味方につくだろうと思った。

それで竹千代を、熱田のお宮の神主にひきわたし、社人一同に、

「三河の人質だからたいせつにいたせ」

といいわたした。それから、広忠のところに手紙をやった。

「ご子息竹千代どのは、熱田にげんきでいられるから、ご安心ください。こちらで竹千代どのをおあずかりしたのだから、これからは今川義元となかよくすることはやめて、われわれのほうにおつきください。そうなされば、すぐにご子息はお返しします。もし、この申し出をおことわりになったら、竹千代どのを殺して、近いうち、あなたのほうへ攻めていきますよ」

広忠はこれを読んだ。すぐ返事をやった。

「竹千代はあなたのほうに出した人質ではない。あなたが殺すのはかってだが、あなたのいうことはきけない」

広忠は子どもが人質にとられても、義元をうらぎることはできなかった。やくそくをまもる、りっぱな武士だった。

りっぱな武士といえば、織田信秀もそうだ。かれは広忠の返事を見て、失望もし、腹もたったが、けっしてそのいかりをおさない竹千代に向けようとはしなかった。竹千代を那古屋(名古屋)万松寺の天王坊にあずけ、見はりをつけたが、なかなかたいせつに待遇してくれた。

信秀は信長（のぶなが）の父だ。信長がりっぱな武将のように、信秀もりっぱな大名であった。

竹千代の母は、広忠のもとを去ってから、しばらく実家（さと）にいたが、その後、尾張国阿古屋（あこや）の城主久松俊勝（ひさまつとしかつ）に再縁していた。信秀は、阿古屋にいる竹千代の母に、

「これからは、竹千代に使いを出して安否を聞かれてよい。ただし、会うことは、いずれさしずするまでお待ちなさい」

と申しわたした。竹千代の母はたいそう喜んで、竹千代のもとへ家来をやって、いろいろようすを聞いたり、着物や菓子などを持たせてやった。母は、どんなに竹千代を見たかったかしれないが、今までようすを知ることもできなかったわが子へ、そんなことができるようになったのも信秀のはからいだと、ひじょうに喜んだ。

竹千代は三歳のときに生き別れした母の顔に見おぼえはなかった。が、恋しい母親であった。こうして知らぬ敵国にただひとりとじこめられていると、その恋しさはつのるばかりだ。

ときおり、たずねて来る母の家来の顔を見ると、うれしくてたまらぬ。家来の口から聞く母のやさしいことば、持って来てくれた心づくしの品物。

「これも母うえがくだされたか」

「これも母うえからか」

一つ一つ着物や菓子を手にとって、母の慈愛をおしいただくおさない竹千代のすがたには、家来たちはいつももらい泣きするのであった。

あまりのいじらしさに、河野(こうの)という織田がたの見はりのさむらいは、もずややまがらなどという小鳥をとって、竹千代にやり、いつもなぐさめていたという。

今川義元は、広忠がかわいいわが子が信秀にとられても、すこしも心のかわらない義理がたさに安心もし、感心もした。

「広忠の心底は見えた。このうえは広忠を助けてやらねばならぬ」

と、駿河臨済寺(りんざいじ)の雪斎(せっさい)長老を大将として、駿河、遠江、東三河の人数をあつめて広忠の加勢にやった。

それで広忠もたいへん喜んで、自分の部下と今川勢とで、織田信秀と戦った。

この戦いで、織田がたがしりぞいたので、岡崎もあぶないところをのがれ、広忠は、ほっとひと安心した。

が、その安心もつかの間で、まもなく広忠は病気にかかって死んでしまった。二十四歳のわかさであった。

竹千代は前には母に生き別れ、今また父に死に別れねばならなかったのである。

しかも敵の国に人質の身では、父の最期に会うこともできなかった。

ところが、意外なことに、広忠の死の三日前に、織田信秀もはやりやまいにかかって死んだことがわかった。

松平の家来たちは意見をたたかわした。

「殿さまの広忠さまがなくなられ、お世つぎの竹千代さまは尾張におられて、われらの領土はあるじがないのと同じだ。このうえは織田がたに味方して、竹千代さまをおむかえしようではないか」

「いや、それはいけない。広忠さまは前から今川義元どのをたよっておられたから、あくまでそのお志のとおり、今川がたにつくのがほんとうだ」

「そうだそうだ。聞けば織田信秀のあとめをついだ信長という息子は、ばか殿さまというではないか。そのうわさはだれでも聞いている。そんなやつをたよりにして、万一、今川の大軍に攻められたら、こちらはひとたまりもないぞ」

しかし、そんな議論をいいあっている必要は、すぐなくなった。

今川義元が広忠の死を聞いて、すぐに自分のおもだった部下を岡崎城にやってこすわらせたから、いやでも今川のほうにつくよりほかはなかったのである。岡崎城に来た朝比奈と岡部という義元の家来は、義元の名代だから、まるで岡崎城のあるじのようにいばっているのだった。

さて、義元は、てごわい織田信秀が死んだので大いに喜び、さっそく、雪斎長老を総大将にして軍勢を安祥(あんじょう)(今の愛知県安城市(あんじょうし))にさしむけた。安祥の城には織田信広(のぶひろ)といって信長の兄がいたからだ。

城兵もよく戦ったが、なにしろ今川のほうは駿(すん)、遠(えん)、三(さん)(駿河、遠江、三河を略していう)の三か国の大軍だからかなわない。たちまち城の二の丸三の丸を攻めおとされ、信広は二の丸の中におしこめられてそとからさくでかこわれるしまつとなった。

そのとき、今川がたから織田のほうに、

「信広はとりこ同然となったぞ。それで信広をそちらにやるから、竹千代をこちらに帰してくれ。いやなら、すぐ信広を殺すまでじゃ」

と、いってやったから、織田がたも、

「よろしい。しかたがない。そのとおりにする」

と、返事してきた。

こうして竹千代は、織田信広と交換で、やっと尾張から三河の故郷に帰ることができた。竹千代が、八つのときである。

「わかさまがお帰りじゃ」

「わかさまじゃないぞ、殿さまだ。殿さまがお帰りじゃ」

広忠に死なれてあるじのない松平の家来たちは、他国から帰って来たおさない主君を出むかえて、うれしさにうちょうてんであった。

しかし竹千代は帰って来ても、頭をなでて、「坊、よく帰って来たな」と、喜んでくれる父の広忠は、この世の人でなかったのである。

竹千代はそのまま岡崎にいるわけにはいかなかった。十日ばかりで、また駿府に行かねばならなかった。こんどは、今川の人質としてである。

三つで母に別れ、六つで国を出て敵の人質となり、八つで家に帰ってみるとなつかしい父はない。そしてすぐにまた新しい人質となって他国に行く。

戦国の武将でも、これほど小さいときに運が悪くて、苦労したものはいない。竹千代時代のその苦労が、家康の人生修行にどれだけ役だったかしれないのである。

弱いものは苦労に負けてしまう。すぐに、めそめそ泣いたり、悲しんで人をうらんだりして、自分からつまらない人間になってしまう。

強い人間は苦労しても、じっとしんぼうしてたえる。どんなに苦しいときでも、歯をくいしばって勇気を失わない。今に見ろ、と思う。苦労を自分の教訓にする。はだをさすような冷たい冬、畑の麦はふまれればふまれるほど、春になるとのびるではないか。

竹千代が、その麦であった。

そして竹千代いじょうに、岡崎に留守をまもっている家来が苦労した。広忠の家来——いや、もう竹千代の家来だが、かれらは自分の知行所（土地）だけは失わずにすんだが、今では三河一国からあがる収入はぜんぶ今川がたへ持っていかれるので、いくさでよい手柄をたててもほうびもなく、収入もふやしてもらえない。だからみなはとても貧乏した。家来たちはかまやくわをとって百姓のはたらきをして、やっとくらしをたてた。

そのうえ、今川のほうでは、戦いのあるごとに、

「それ、三河衆が先がけじゃ」

といって、竹千代の家来たちを、いつも戦争の先頭にたてた。だから戦いがあるごとに、死んだり、けがをしたりして数がへっていくのは、竹千代の家来ばかりだった。今川の家来たちはうしろのほうにおって、高見の見物をしているありさまである。

それでも、竹千代の家来は、今川の家来に反抗したり、腹をたててはならなかった。強い国にたよっている弱い国のかなしさだ。今川がたのいうことなら、なんでも、ごもっともです、と頭を下げて、

「はい、はい、かしこまりました」

と、いうとおりに働かねばならない。

しかし、心の中では、

「なにくそ、今に見ておれ、竹千代さまが大きくなられるまでのしんぼうじゃ。そのときこそ思い知らせてやる。それまでのがまんだ」

と、歯をくいしばって、じっとたえるのだった。

それだけに、自分たちどうしで同情しあい、はげましあった。かれらはしだいにかたい団結をしていったのである。

さて、駿府に人質として行った竹千代は、どんな生きかたをしたか。

駿府というのは、今の静岡市のことである。竹千代は、ここで八歳から十九歳まで十一年間をくらしたのだ。その住んでいたところは、今の静岡駅の近くだといわれている。

そこには三河からつれて来た竹千代の家来も七、八十人いっしょにいたが、その

うちの何人かは、竹千代の遊び友だちであった。

駿府のそばに安倍川（あべかわ）という川が流れている。五月五日に、このあたりの子どもたちが二組にわかれて、川をはさんで石投げ合戦をするならわしがあった。

竹千代が駿府に行って間もないときだ。家来の背なかにおわれて、この石合戦を見物に行った。

安倍川をまん中にして、一方は三百人ぐらいの子どもと、一方は半分の百四、五十人ばかりの子どもとが、

「うわあ」

「うわあ」

と、さかんに石を投げあっている。

竹千代は、しばらくじっと見ていたが、横について来ている家来の方へむいて、

「おまえたちは、どっちのほうが勝つと思うか」

と聞いた。

家来たちは、わかりきったことだといわぬばかりの顔をして、

「そりゃ、人数の多いほうが勝つにきまっています」

と答えた。竹千代は頭をふって、

「いや、おれは人数のすくないほうがきっと勝つと思うよ」

　といった。家来たちは、心の中で、

（そんなばかなことがあるものか。すくない組は多い組の半分の人数だから、今に負けるにきまっている）

　と思いながら、見物していた。すると、人数の多い子どもの組は、だんだん形勢が悪くなって、ひとりにげふたりにげして、とうとうばらばらとにげだした。

　勝ったほうは、それを見ると、みんな両手をあげて、

「わあい、わあい、勝った、勝った」

と、はやしたてて喜んでいる。人数のすくないほうが多い組に勝ったのだ。

　家来はふしぎでしかたがない。どうしてすくない人数が多い人数を負かして勝つということがわかったのであろうか。家来は、それを竹千代に聞いた。

　すると竹千代は、にっこりわらって、

「あの石合戦を見ていたところ、人数のすくないほうは、おたがいが心をあわせていっしょうけんめいに石を投げている。ところが、人数の多いほうは、数が多いということに安心して、相手をばかにしてしんけんになっていない。これでは数のすくないほうの組が勝つにきまっていると思ったのだ」

といった。

聞いた家来たちは、

(なんというかしこいお子だろう、大きくなられたら、きっとよい侍大将になられるにちがいない)

と、ふっくらとかわいいほおをもった竹千代の顔を、さも、うれしそうに見るのであった。

ある年の正月元日、竹千代は今川のやしきに行って、新年のあいさつをした。その時、今川義元の前には、その家来ぶんの大小名がずらりとならんでひかえていた。みんなりっぱなよそおいをして、かしこまっている。

その時、竹千代は小便がしたくなった。それで、つと立ちあがると、えんがわに出て、着物の前をはぐって庭さきに向かって、じゃあじゃあやり出した。そしてなんでもない顔をして、もとの席にもどってすわり、すましている。

おどろいたのは、ならんでいる大小名だ。これだけ強そうな武将ばかりが、ぎょうぎょうしくかしこまっている前を、おそれげもなく小便をしてすましこんでいるとは、なんという不敵な子どもかと思った。

「いったい、あの子はだれだ」

と、大小名はひそひそととなりのものに聞いたりしている。その中で、竹千代を知っている大名がいて、

「あれは、三河の清康の孫じゃ」

と教えた。聞いたものは、

「なるほど、清康の孫だったか」

とうなずいた。

松平清康というのは広忠の父、つまり竹千代のおじいさんにあたる人である。たいそうりっぱな大将で、竹千代はたいへんおじいさん似であったといわれる。清康の勇将であったことは、駿河の国にもひびきわたっていた。それで、竹千代が少しものおじないのを見て、さすがは清康の孫だ、と感心したのである。

竹千代はこのおじいさんを尊敬していて、後に、元康と名をあらためたのは、清康の一字をとったからである。

竹千代はたか狩りをするのがとてもすきだった。たか狩りというのは、かいならしたたかを野や山につれていき、つるだとかさぎだとかその他の鳥がとんでいると、たかをはなってとらえさせるのである。たかはえものをとらえたまま、かい主（専門にたか匠というものがいる）のこぶしにもどるのだ。そのころの一種のスポーツ

であった。

たか狩りのため、竹千代は駿府の近所の野山をかけまわった。これが、どれだけからだをきたえたかわからない。弓術も、その間にけいこした。

鳥居元忠は竹千代より三つ年上で、竹千代が岡崎からつれて行った家来だ。

ある時、竹千代は元忠に、

「もずをかいならしてたかのようにすえよ」

といいつけた。ところが元忠のやりかたがまずくて、もずはにげてしまった。竹千代は腹をたてて、急に立ちあがってくると、

「このばかものめ」

といって、えんさきから元忠をつき落してしまった。

元忠の父は鳥居伊賀守といって、広忠のころからの重臣である。その子の元忠だから、竹千代はすこしはえんりょがあるかと思いのほか、思いのままのふるまいだから、伊賀守は見て、

「さてさて、すえたのもしいわか殿じゃ」

と、ひどく感心した。

が、竹千代は、こうしてわんぱくばかりしていたのではない。

学問のほうにも、精を出して勉強した。

義元のおじどうようにあたる人に、雪斎という坊さんがいた。駿府の近くの臨済寺の和尚であった。

雪斎は坊さんだが、軍略のことにもくわしく、いろいろものを知っていた。義元は雪斎になにかとよく相談した。

今川の軍勢が強かったのも、雪斎のちえを義元が借りたからだといわれているくらいだ。

雪斎は竹千代をよくかわいがって、手習いを教えてくれた。さすが、いたずらざかりの竹千代も、雪斎には頭があがらなかったようだ。

今でも、静岡市の北に臨済寺という古い寺がある。この寺には、竹千代が雪斎について手習いをしたという居間があって、その当時使ったというすずりばこなどが残っているそうである。

成人

弘治(こうじ)二年(一五五六年)の正月、竹千代は十五歳となった。むかしの武家の習慣として、男の子が十五歳となれば、成人のあつかいをうけ、前髪を落す。これを元服という。名まえも今までのをあらためて、おとならしい名をつけるのである。

竹千代は、義元の一字をもらって、元信(もとのぶ)と名のった。だから、これからは、松平元信である。

ある日、元信は義元の前に出ていうには、

「おかげさまで、私も元服いたしましたからには、一度、郷里(くに)に帰って、祖先や父のはかまいりをしとうぞんじます。どうぞおゆるしください」

とたのんだ。

義元もことわるわけにはいかないから、ゆるした。

元信は胸をはずませて、駿府をたった。六つの年に国を出てから、あしかけ十年めだ。なつかしさ、うれしさは、たとえようもない。

ゆめにもわすれぬ岡崎の城が見えてきた。山も川もむかしのままだ。

それにもまして、なつかしいのは、家来たちが領ざかいまで出むかえにきてくれていることだった。

「お帰りあそばせ。大きくなられました」

「おなつかしゅうぞんじます。みごとなご成人ぶりでございます」

家来たちは口々にいって喜んだ。みんななみだを流している。あるじのいないさびしいかれらは、すっかりりっぱな青年になって帰って来たあるじの顔を見て、うれし泣きしているのだ。

元信は城の本丸にはいらず、二の丸にはいった。こんなことにも、今川家へのえんりょを考えねばならない身のうえであった。

岡崎の城のるす番の役めをしていた鳥居忠吉は、祖父の清康の代からの重臣だが、もう八十いくつかの老人であった。元信の姿をあおいで、しわだらけの顔をくずして喜んだ。

「よう、お帰りなされましたな。おとうさまにもにてこられました。じいはうれしくてなりません。ついては、ぜひ、殿にお見せしたいものがあります。これから、ご案内します」

と、忠吉は、かがんだ腰のまま、先に立った。つれて行ったのは、城中の暗い倉の中であった。

「これをごらんなされ」

と、忠吉は長びつの中をあけて見せた。そこには、銭がいっぱい積んであった。

「これから後、殿にはよいさむらいをたくさん召しかかえられてご出世なさらなければなりませぬ。そのための用意に、このじいが、今川がたに送るねんぐをすこしずつとって、こっそりたくわえた金です」

と忠吉はいった。元信が見ると、その銭はなわでからげて、たてに積みかさねてあった。

「じい。どうしてこの銭はたてに積んであるのじゃ」

と元信は聞いた。

「それはですな。とうぶん、わずかな銭を積むには、どんなにしてもよいのですが、たくさんな銭を横に積んでおくと、なわが早くくさってしまいます。それで、こんなふうにたて積みにしたのです」

と忠吉は説明した。

元信は老人の考えぶかさに感心し、いつまでもこのことをおぼえていて、年とってから、よく人に思い出話をしたという。

こんな家来があるかと思うと、また、わかい家来たちは、今川家の支配になってからは、てあてがないため、百姓しなければ食べていけなかった。

ある日、元信が、城下はずれに出てみると、おりから五月で田植えであった。

元信が見ると、田植えの百姓にまじって、顔をどろだらけにして働いているものが、どうも、自分の家来らしい。

「あれは近藤(こんどう)ではないか。近藤ならここに呼べ」

と、そばのものにいいつけた。

近藤というその家来は、元信が来たことを知って、あまりはずかしいので見つけられまいとして顔にどろをくっつけていたのだが、見つかったからしかたがない。すごすごと元信の前に出て、もうしわけなさそうに頭をさげた。

元信は近藤をきのどくそうに見て、

「わが松平家が今川におさえられているばかりに、おまえたちまで苦労をかけてすまぬ。いまに、わが世ともなれば、おたがいにしあわせになろう。それまでのしんぼうだ。そのすがたをはじることはない。家来にそのすがたをさせてわびるのはおれのほうだ。ゆるしてくれ。が、もうしばらくのがまんだ。みんな、力をあわせて、おれがこのつぎに、ほんとうにこの国に帰って来るまで待っていてくれ」

といった。

近藤はもちろん、ともの家来たちは頭を低くしたまま、すすり泣いていた。そしてどんなつらい思いをしてでも、しんぼうして時節の来るのを待とうと思った。

鳥居忠吉といい、近藤といい、三河の家来たちは、このように、ただただくちびるをかんで自分たちの世を待っている。

かれらは、今川のいいなりになって、合戦があるといえば先に出され、親や兄弟を討死にさせ、自分は負傷し、いのちがけで戦った。それでも恩賞があるわけではない。今川がたから、ばかにされ、いいようにあつかわれても、だまっていなければならなかった。

しかし、みんな、心の中では、

「いまにみろ。いまにみろ」

と、火のようにはげしいものが燃えていた。

後になって、「三河武士」といえば、質実な武士の代名詞のようにいわれたのは、この時の忍耐と鍛錬の結果である。

元信は、ふたたび駿府に帰った。岡崎にははかまいりに行かせてもらっただけで、すっかり帰国をゆるされたのではないのだ。

この時、また名を元康とあらためた。康の字は尊敬する祖父の清康の一字をとったのである。

そして義元のことばで、今川の部将関口親永（せきぐちちかなが）のむすめを妻とした。

永禄（えいろく）元年（一五五八年）、元康は十七歳。

西のとなりの尾張では、織田信秀の死んだあと信長があとをついで、日に日に勢いがさかんになってくる。

信長は、ばか殿さまのうわさがあったが、ばかどころか、尾張一国を平定して、ときには三河にも手を出してくるようになった。

義元は、いままで信長をみくびっていたが、このようすを見て、

「なまいきな信長め」

と、織田攻めを決心した。

今川の東の方には北条氏康、北には武田信玄がいて、義元はしじゅう、そのほうに気をくばっていたが、さいわい、先方から和睦（わぼく）を求めてきたので、これと仲なおりした。

これで、後のほうは心配がなくなったから、いよいよ尾張に攻めこみ、あわよくば京都まで上らんとした。京にはいって旗を立てることは義元の年来の宿望である。

義元は、その先鋒に例によって三河衆を使った。

元康は、その大将となった。初陣である。

三河の家来たちも、こんどははじめてわが主君をいただいてのいくさだから、心からげんきが出た。いままでのように、今川の家来にさしずされるのとはちがうのだ。

「あれ見い。殿のごりっぱなご下知ぶりよ」

と、馬上でさいはいをふる元康を見て、勇気がからだじゅうにわくのだった。

それで、信長がたの寺部の城をたちまち落してしまった。

義元は、その功名を大いにほめてくれ、ほうびにりっぱな刀をくれたりした。が、三河衆からいえば、そんな刀などもらうより、元康を岡崎に帰してもらうほうがどんなにありがたいかわからない。

それで、岡崎から老臣たちが駿府の義元のところへ出かけて行き、

「元康さまも、もはや、十七歳のご成人ですから、どうぞ岡崎にお返し願います」

とたのんだ。が、義元は、太い首を横にふって、

「まあ待て。おれはもうすぐ尾張の信長領に攻め入るから、その時に、三河に行って土地のさかいをよくしらべて、松平の旧領をわたすことにしよう。それまで、元康は、やっぱりあずかっておく」

と、いっこうにしょうちしてくれなかった。

これでは、元康は、いつになったら岡崎にほんとうに帰れるかわからない。

永禄三年（一五六〇年）、今川義元は、駿河、遠江、三河の大軍をひきいて、織田信長を攻めるため駿府をたち、西三河を通り、尾張にはいった。

元康は、義元に従っていたが、一日、尾張の阿古屋にたちより、城主の久松俊勝の内室になっている、母をたずねた。

母とは三つの時に岡崎で生き別れしたきりである。あのとき、母はいったん、実家に帰っていたが、久松家に再縁したことは前にかいた。

その後、ときどき、菓子や衣服をとどけに使いをやっていたが、成人したわが子を見るのははじめてだった。

「母うえ」

と、元康は、泣きそうな声になった。三つのときに別れたから、顔におぼえはなかったが、これが、いつ会えるかと半分あきらめていたゆめにもわすれたことのない生みの母だと思うと、あかんぼうのようにだきついていきたかった。

母も、三つのおさな子がこれほどまで大きくなったとは信じられぬくらいで、

「よう、まあ、ごりっぱに成人なさいましたね」

というばかり。それでも、十六年前のおさないおもかげをさがそうと、元康の顔を見つめるのだが、なみだがあとからあとから出て、はっきり見えない。胸がふさがり、なかなか思うことばも出なかった。

その日の母子（おやこ）の対面は、ときの移るのもわからなかった。

あくれば五月十五日、今川軍は織田がたの出城の丸根（まるね）、鷲津（わしづ）の二つの城を攻め落した。

元康も義元に従って、この丸根の城攻めにてがらがあったから、義元は、

「大高城（おおだか）にはいってまもっておるように」

と、休息をいいつけた。

大高の城（今の愛知県名古屋市緑区）は、その前年に、元康が義元の命令で、敵中、兵糧（ひょうろう）を補給して名をあげた思い出深い城である。

元康が、義元とはなれて大高城に一息いれていると、義元の身には、まったく思

いもよらぬ変事がおこったのである。

今川義元は、二つの城を落して、大喜び。

「あすあたり信長の首を取ろうぞ。きょうはひとまずここで休んでげんきを養え」

と、十八日の午後、尾張の桶狭間というところで宿営した。

そして、こんどの戦いは勝ったと同じじゃ、と大得意、重臣と酒くみかわし、うたいを三番もうたって上々のきげんであった。

さて、いっぽうの織田信長の城は清洲（今の清須市）にあった。

義元のために、たいせつな二つの城を攻め落された織田がたの老臣は大さわぎ。清洲城内に集まって心配しているが、かんじんの大将の信長はいっこうにおどろくようすがない。

着物もふだん着のままで、よろいを着た重臣たちが集合しているのに、いくさの評定もせず、のんびりと世間ばなしなどしている。そういえば顔つきまでのんきだ。

信長は信秀の長子に生まれたが、生まれつきらんぼうもので手におえなかった。そのため、おもり役の平手政秀が腹を切っていさめたほどだ。

しかし、信長は、ばかのふりをしているが、当時、すでにわかいながら第一級のりっぱな武将である。ただ、ばかのかっこうをしていたのは、隣国や近くの国の領主にゆだんさせておくためだ。

信長は、今川義元が丸根、鷲津の二城を落したのに安心してそのまま桶狭間にとどまっていると聞き、心の中で、

(しめた。勝ちはこっちのものだ)

と思った。

その夜が明けかかるころ、信長は立ちあがって、よくとおる声で、うたいの「敦盛」を舞った。

「人間五十年。

下天のうちをくらぶれば、ゆめまぼろしのごとくなり。

一度、生を得て
滅せぬもののあるべきか――」

その声が、終るか終らぬうちに、信長はにわかに持ったせんすをぱっと投げ、

「具足を持て」

とさけんだ。

つづいて、よろいを着こみながら、

「湯づけを持て」

と、立ったまま朝めしをかきこんだ。

かぶとをかぶると、

「ものども、つづけ。めざすは桶狭間なるぞ」

といいざま、飛ぶように馬に乗ってかけだした。

あまりの早わざに、家来たちはおどろいた。

「それ。殿におくれるな」

と、にわかにあとを追う。しかし、城を飛び出した時は、あとにつづくものは、わずか五騎だけだ。

信長は、馬を輪乗りして、あとから来る家来を待ったり、とちゅうの人数をあわせたりしたから、熱田をすぎ、善照寺（ぜんしょうじ）の東まで来た時は、三千人になっていた。

信長は銀の大じゅずを肩からななめにかけ、

「みなのいのちは余にくれよ」

とさけぶ。それを聞いて、家来はいっそう勇気をふるい起した。大敵、今川義元に体あたりするのだから、主従とも死を覚悟だ。

信長が山道を遠まわりして桶狭間の義元の陣におそいかかったのは、五月十九日のひるごろ。陰暦の五月だから今の六月の半ばだ。しかも、この日はとても暑かったという。

　おりから、にわかに空がくもり、たちまち大風大雨となった。

　信長は桶狭間の今川の陣を見おろすこだかい山にのぼって、じっとようすを見ていた。雨もこやみとなったころ、よし、とばかりに、信長は、とつぜん、大声で、

「さあ、ものども、かかれ、かかれ」

　と呼ばわりながら、自分でもやりをとって、義元の陣めがけて馬をかけおろさせた。

　つづく三千の織田勢、土煙りあげて、まっ黒になって、うわああと喚声をあげながら攻めかかる。

　腰をぬかさんばかりにびっくりしたのは今川勢だ。よもや、織田勢がここにあらわれようとはゆめにも思わないから、あわてふためいた。まったくゆだんしているところだから、弓ややりや、旗などをいっぱい捨ててにげまわった。

　義元も、まさか敵が攻めよせたとは思わないから、このさわぎを陣所で聞いて、味方同士がけんかしているのかな、くらいに思っていた。

　そこへ、織田がたの家来が攻めこんで来て、義元にやりを向けたから、はじめて敵と知ったのだ。

「おのれ」

と、義元は太刀をぬいてやりの半分を切り落したが、とうとう負けて、その場で殺された。

さしも、東海にとどろきわたった、駿、遠、三、三か国の太守、今川義元も、こうして、あえない最期をとげたのである。

義元戦死のしらせは、その日の夕がた大高の城にいる元康のもとにとどいた。

「そんな、ばかなことがあるか」

と、はじめは信用しなかったが、あとからあとから同じような報告がとどく。

それでも、元康は、

「はっきりしたことがわかるまで、この場は動くまい。しりぞいたりなどして、もし義元さまが生きておられたら、あわす顔がない」

と、退却をすすめる声にも耳をかさなかったが、おじの水野信元（のぶもと）から使いをもって、

「義元の戦死はたしかなことだ。あすは信長が、そちらにおしよせるにちがいないから、今夜のうちに引きあげたがよい」

と、すすめてきた。

元康は、はじめて義元の討死にがまちがいないと知ったから、

「では、引きあげよう」

と、その夜の十一時すぎ、大高城を出た。

おりから月が出て、青白い光は山野をてらしている。元康の一行は月明かりの道を、たいまつももたずに、三河の国に急いだ。

岡崎に着いても、元康は、城には今川がたの家来がいるので、えんりょして、近所の大樹寺（だいじゅじ）にしばらく陣どっていた。

ところが、今川がたでは、大将の義元が討たれたので、あわてて、沓掛（くつかけ）、池鯉鮒（ちりふ）、原（はら）、鴫原（しぎはら）の城をみんな捨てて駿府ににげかえった。岡崎の城もそのとおり、いままで城の主人のような顔をしていばっていた今川の家来は、たちまち駿府にかえってしまった。

いまや、岡崎の城には、今川のものはひとりもいなくなったのである。

そこで、はじめて元康は岡崎城にはいることになった。

岡崎城は、元康の父の広忠が死んで以来、十一年間、義元の手にあったが、ひさしぶりにほんとうの持ち主にかえったわけである。

「こんどこそ、ほんとうのご主人じゃ。ありがたい、ありがたい」

「もう、殿さまは、ずっと岡崎の城におられるのじゃ。どこにも行かれるのではない。きょうのような日をみたいばかりに、みんなしんぼうして待っていたのじゃ。しんぼうのかいがあった。よかった、よかった」

「これから働こうぞ」

「働かいでなるか。今までとちがい、働きがいがある」

これまで、今川がたのために苦しめられてきた、元康の家来たちは、寒い冬から春をむかえたように、おたがいが手をとりあって、喜んだ。

三河の国は元康の独立国になったのである。

義元の死んだあとは、その子の氏真があとをついだ。

元康は、駿府の氏真に、たびたび手紙をやって、

「もしあなたが、お父うえのかたきうちに信長と戦われるなら、私はいつでも先陣をいたします」

と、力をあわせることを申し入れた。

ところが氏真は父とちがって、勇気がなく、しりごみしていっこうに織田がたと戦おうとはしない。

信長のほうも、氏真が攻めよせるかと待っていたが、そのようすもないので、ひょうしぬけしてしまった。

信長には、氏真よりも、松平元康の人物のほうが、だんだん大きくうつってきた。

というのは、義元が死んだ時、元康などは駿府ににげるくらいに思っていたのだが、それが岡崎の城にふみとどまっているばかりか、かえって、広瀬、沓掛、中島などの織田の城をたびたび攻めてくるのだから、おどろいた。

「三河の小せがれめ、なかなかあじをやりおるわい」

と、信長は思った。

信長は早くから、京都に出て、天下を統一する望みがあったから、

(これは元康と和睦したほうがよい)

と思った。よいと思ったら、さっそく、実行する信長だから、すぐに元康のところに使いをやって、

「これから仲なおりしたいものですが、いかがでしょうか」

と申しこんだ。

元康も考えた。

(今まで今川のせわになっていたのに、にわかに織田につくのは心苦しい)

しかし、とかれは思った。

(氏真は、あまりりっぱな人物ではなく、たよりにならない。信長のほうがだんちがいに上だし、実力もある。信長なれば天下とりするくらいな男だ。こういう男と力をあわせて、早く世の中を平和にしたほうがよいかもしれぬ)

そう考えると決心がついて、信長の申しこみをうけることにした。重臣の酒井忠次などは一番にさんせいしてくれた。

信長は、元康の返事を聞いて、たいそう喜んだ。すぐに、

「それでは、おめにかかりたい」

といってきた。

元康は清洲の城まで出かけて行った。信長は二の丸まで出むかえて、

「これは、ようこそ。さあさあ、こちらへ」

と、手をとらんばかりにして本丸にさそった。

この時、元康のあとにつづいて元康の刀を持った家来の植村新六がはいろうとしたので、織田の家来が、

「なにものなれば、ここまではいるか」

ととがめた。新六は、目をいからせて、

「自分は元康の臣で植村新六というものである。あるじの刀を持ってはいるに、なにゆえとがめらるるか」

といいかえした。

信長は、このようすを見て、

「やあ、新六、来たか。これは、かくれのない勇士じゃ。おまえたちは無礼してはならぬ」

と、自分のほうの家来をたしなめた。

小さい国だが、相手にばかにされまいとしている元康の家来の気持が、この話に出ている。

ここで、信長と元康との、

「今後は、攻めるときも守るときも、いっしょになって力をあわせよう」

という、同盟ができあがった。ときに元康二十一歳、信長二十九歳だ。このやくそくは、信長の死ぬるまでつづいたのである。

この話を聞いて、びっくりしたのは今川氏真だ。いままで味方だとばかり思っていた元康が、敵の織田信長といっしょになったというのだから腹をたてた。

「それがほんとうなら、岡崎に攻めこむが、よいか」

と、おこってきた。

元康は、それを、なだめたり、すかしたりして氏真のきげんをなおした。もともと、いくさのすきでない氏真は、そのままにしてしまった。そればかりでなく、駿府にあずかっていた元康の妻と子とを、別な人質と交換に、かえしてくれた。元康にとっては、こんなしあわせなことはなかった。

元康は、駿府に人質でいる時の十七歳の年に、妻をもらったのだが、その翌年に、男の子が生まれていたのだった。この子が、元康の長男で、信康（のぶやす）である。

妻も子もかえり、岡崎の城は、にぎやかになった。ことに、あととりの信康がかえってきたことが、どれだけ家来たちを喜ばせたかわからなかった。むかしは、あるじの世つぎの男子があることが、家来たちのなによりの強みであった。

しかし、義元の子の氏真のようなあとつぎもこまったものである。

今川家は氏真の代になって、急にさびれてきた。それは、義元がえらくて、家来によいものがいなかったためである。大将の氏真がだめで、家来がよくないときたら、戦国の実力だけの、はげしい世の中に、どうしてたっていけよう。ほろびるのはあたりまえであった。

駿河の北、甲斐（かい）（今の山梨県）には、武田信玄がいた。信玄も、早くから京都に上って天下に号令したい野心があったから、駿河をとりたくてしかたがなかった。

義元が生きている間は、親類づきあいをしていた信玄も、氏真の代になると、急に弱くなった今川家を攻めだした。

そして、元康にも使いを出して、

「あなたは遠江をお取りなさい。私は駿河を取るから。両方から氏真を攻めようではないか」

といってきた。

その前から、東三河のむかしの土地をとりかえしたことから氏真と元康の間は気まずくなっていた。元康は、信玄の申し入れを承知して、駿河に攻めこんだ。

今川氏真はたまらなくなって、とうとう領土をすてて、伊豆の方へにげこんでしまった。これで今川家は、まったくほろびたのであった。

元康は、遠江の国を手に入れた。そしてこの国の浜松（はままつ）（今の静岡県浜松市）に、元亀（げんき）元年（一五七〇年）城をきずいて、岡崎から移った。いままでは、三河と遠江の二か国の領主で、りっぱな大名である。

永禄六年（一五六三年）元康は、名を家康とあらため、それから三年後姓を徳川とあらためた。

松平家の祖先は新田義貞といわれ、その遠祖は源氏である。家康の家は、尊敬している源義家の一字をとった。また、「徳川」は、祖先の住んでいた上野の国（群馬県）新田郡世良田郷徳川からつけたのである。

さて、やくそくどおり、武田信玄は駿河の国をとり、家康は遠江一国を手にいれたが、信玄はなかなかそれでおとなしくしている男ではなかった。

武田信玄

織田信長は、徳川家康と同盟してからは、東の方は心配がなくなったので、西の方でしきりと活躍していた。

美濃（岐阜県）の領主斎藤竜興をほろぼし、越前（福井県）の大名、朝倉、北近江の大名、浅井の両家を姉川で破った。

この姉川の戦いでは、家康も信長の加勢をして、たいそう手柄があった。

信長は、とうとう京都にはいって、天下統一の仕事にかかりだした。

これを見た信玄は気が気でない。信玄はいままで北に上杉謙信、南に北条氏康という大敵をもっていたので、なかなか京都に出ることができなかったのだが、もうたまらなくなって上洛にかかった。信玄、五十二歳。その兵は精鋭無比、兵法軍略はその右に出るものがない。

「甲州勢（武田勢）が来た」

といえば、大名たちは、みな、青くなって一戦もせずににげたものである。

その甲州勢は、なだれをうって東三河に攻めこんできた。徳川がたの二俣城はたちまちとられてしまった。

信玄、三河に侵入す、と聞いて、織田信長も、おどろいて加勢の兵を三千人よこしてくれた。そして、

「浜松の城におられてはあぶないから、岡崎の城に移られたほうがよい」

とすすめた。

しかし家康は動かなかった。三十一歳の家康は血気さかんなときである。信玄が来たら一あわふかしてやろうと、戦備をととのえて待っていた。いくさの神さまのような信玄でもおそろしくなかった。

ところが、さすがは信玄、浜松城を攻めかこむような、はかのいかぬいくさはしない。かれは浜松など見むきもせず、まっすぐ三万の大軍をひきいて京都に上りかかった。

家康はこれを知って、

「わが領土を通るのは、ちょうど庭さきを荒らされるようなものだ。だまって見のがしておく法はない」

といって、自分のほうから出て行って、甲州勢の通るのを待ちかまえた。その場所は浜松の北でたて三里、横二里の高原で三方ヶ原という。

元亀三年（一五七二年）十二月二十二日、信玄は天竜川をわたって三方ヶ原にさしかかった。夕がた近く、空はどんよりと寒い雲がかぶさり、雪さえ降りはじめた。

信玄は徳川軍を相手にしないつもりだったが、部下のものが、

「徳川勢はわが軍の三分の一ぐらいの人数で、しかも戦わぬ前からおじけついておりますから、たたきつけたらよいでしょう」

とすすめたので、その気になり、にわかに陣だてして合戦することになった。

まったく、さすがの徳川勢も目の前に甲州勢を見ただけで、おそれをなして、勇気をうしなっていた。

武田勢はかね、たいこを打ってまっ黒にかたまっておしよせて来た。名高い甲州勢の精鋭だ。

徳川軍は、まず右翼が破られた。これは織田がたから加勢に来た三千人だった。つづいて左翼が破れ、中央がくずされた。本多忠真以下名のある勇将がばたばたとたおれ、またたくまに徳川軍は目もあてられぬ総敗軍となった。

家康も討死にを覚悟して、

「もはや、これまで」

と、斬死にしようとすると、家来の夏目吉信(なつめよしのぶ)が、目をいからせて、

「死に急ぎするのは木っ端武者のすることです。大将たるものは生き残って、あとのもりかえしを考えねばなりません」

と、いい終らぬうちに家康の乗っている馬をやりでたたいた。馬はいっさんに浜松に向かって走った。

家康はあぶないところであった。

それを見送った夏目は、むらがりくる敵にかこまれて、戦死した。

家康はいのちからがら浜松城ににげ帰った。

城の門をまもる鳥居元忠が、すぐに門をとじようとすると、家康は、

「門はあけておけ。あとから味方が帰って来るから、城に入れねばならぬ」

といった。元忠は、

「それでも、あとから敵が攻めて来ます」

と、心配すると、

「いや、かえって門をとじると敵に気をのまれるものだ。門をあけて、内にも外にも大かがりびをたかせよ」

と命じると奥にはいり、

「ああ、腹がへった。飯を持ってこい」

とどなった。

女中が持ってきた湯づけを、家康は三ばいまでおかわりして食べると、

「ああ、ねむいねむい」

というなり、横になると、すぐ大いびきをかいて寝こんでしまった。

「これが負けいくさで帰った大将か」

「すぐ敵が攻めよせて来るというのに、なんというだいたんさだ」

と、家来たちは、あきれてしまった。たのもしくもあり、心配でもあった。

はたして、武田勢は、浜松城までやってきた。

すると、城の門はあけはなって、門の内外はかがりびが燃えさかって、まるで昼のように明かるい。

おしよせてきた武田勢は、

「これはへんだ。なんかの計略かもしれない」

「うっかりふみこんだら、とんだめにあうかもわからぬぞ」

と、きみ悪がって、しりごみした。そのまま、信玄のいる本陣にひきかえしてし

まった。

信玄はそれを聞いて、

「家康は手ごわい敵だ。三方ヶ原の敵の死体を調べてみると、みんな甲州勢の方を向いて倒れている。こんなゆうかんな家来をもつ家康はしあわせだ。浜松城を攻めなくてよかった。むつかしいことになる。容易におちる城ではない。ぐずぐずしている間に織田信長が加勢に来たら、たいへんだ。上杉謙信がそのすきに攻めてきたらたいへんだ。浜松はそのままにしておけ」

といった。

信玄は、ちえもあり、戦略もうまかった。その兵法は、のちのちまで「甲州流の軍学」として、武家の間で尊敬されたほどである。上杉謙信と戦った川中島(かわなかじま)の話は有名である。そのいっぽう、たいへん用心ぶかい人で、いつも、

「戦いは全勝してはいけない。心がゆるんで、いつか負ける原因になるからだ。すこし勝ったくらいがいちばんよい」

といっていた。

信玄は十六歳のときから五十三歳まで一度も戦いに負けたことがなかった。

国をおさめる方法も、なかなかしっかりしていて、後の家康がそれを参考にした

ものである。

信玄は、三方ヶ原の戦いがすんで、刑部というところで、新年をむかえた。

ところが、ここで病気にかかり、いったん甲府に引きあげたが、信州波合（今の長野県下伊那郡阿智村浪合）で死んでしまった。

信玄が死んでも、武田がたでは、とうぶん秘密にしていたから、ほかの大名たちは死んだといううわさは聞いても、やっぱり武田軍をおそろしがっていた。

信玄が死んで六年めにはそのよい敵であった上杉謙信も病死した。小田原の北条氏康は、信玄より早く死んでいる。

この三人は、いずれおとらぬ名将で、運わるく同じ地方で争っていたから、天下をとることはできなかったが、それは信長にも家康にも幸運だったわけである。

武田信玄が死ぬと、その子の勝頼があとをついで武田の大将となった。

勝頼はまだわかいが、なかなか勇気があった。それに信玄の残した、山県、馬場、高坂、甘利などという優秀な家来がそのまま勝頼をまもったから、甲州軍は、信玄のときほどではないにしても、やっぱり強かった。

勝頼は、たびたび駿河や遠江の方に手を出してくるので、家康はすこしもゆだんができない。甲州勢の出かたをいっしょうけんめいに見はっていた。

そして、この両軍がとうとう衝突したのが長篠のいくさである。

長篠は豊川の上流が二つにわかれたところにあって、けわしい地形の上に城がある。

この城も、城主の奥平貞昌も、もとは武田がただったのだが、勝頼の代になって家康についたのである。勝頼は、それがにくくてたまらない。

「おのれ、奥平め。あの城をふみつぶしてくれよう」

というので、天正三年（一五七五年）五月に一万五千の兵をひきいて城を包囲した。

城兵はわずか五百で、よくふせいだが、いつまでもふせぎきれるわけではないから、浜松の家康のところに早く知らせて、加勢をもとめなければならない。しかし、城はありのはい出るすきもなく武田勢にかこまれているから、この使いはいのちがけである。

「その使いは私が行きましょう」

と、すすんで出たのは、鳥居強右衛門という奥平の家来だ。

強右衛門は夜になって城からこっそりぬけ出て、大野川をくぐった。その川は、武田勢が、そんな場合を考えて、川の中になわを張り、それに鳴子をつけていた。強右衛門のからだはなわにふれて、鳴子が、がらがらと鳴った。

「そら、城がたのものだ」

と、番兵は立ちあがったが、べつの番兵が、

「いや、この川には大きなすずきがいて、よくなわにかかって鳴子が鳴る。わしもたびたびだまされたから、今のもすずきにちがいない」

といったので、そのまま見のがしてしまった。

強右衛門はあぶないところを助かって、浜松に急行して、家康にたすけをもとめた。

家康もおどろいて、

「それはたいへんだ、すぐにたすけに行く。おまえは休んでわしといっしょに長篠に帰るがよい」

といったが、強右衛門は、

「ありがとうぞんじますが、そうしてはいられません。城中のものは、私がぶじに連絡したかどうか案じておりますので、一刻も早く、吉報を知らせてやりとうぞんじますから、一足おさきにまいります」

といって、そのまま長篠の方へひきかえした。

が、城を出るときはうまくいった強右衛門も、こんど城にはいるときは、武田勢の見はりに見つかってとらえられた。かれはしばられて、勝頼の前につれて行かれた。

勝頼は、なかなか城が落ちないのでこまっていたときなので、強右衛門に、

「おまえは、城に向かって、家康はたすけに来ないといったから早くこうさんしたほうがよい、といえ。そのとおりにいったらいのちは助けてほうびをやるが、ほんとうのことをいったらはりつけにして殺すぞ」

といった。強右衛門は、

「いのちが助かりますなら、おっしゃるとおりにいいます」

と答えた。そこで強右衛門をしばったまま、城の前にひきたてて行った。

城兵は城のまどから首を出して、強右衛門がなにをいうかと耳をすましている。

強右衛門は、その方を向いてどなった。

「家康どの、信長どのはまもなく大軍をひきいて来られますぞ、三日のうちに味方の勝ちいくさとなりますから、それまでがんばってください」

城兵は、それを聞いて、「うわあ」と、喜びの声をあげた。

勝頼は、まっかになっておこって、

「こいつめ」

とばかりに、すぐに強右衛門をはりつけにして殺してしまった。

奥平貞昌はじめ城中の一同は、いのちをすててまで、ほんとうのことをつげてはげましてくれた鳥居強右衛門のま心に感謝せぬものはなかった。

家康は、急を信長につげる。信長も自身で兵をひきつれ、ここに家康、信長の連合軍は三万八千の大軍で、長篠の西に到着した。

信長は出る時、相手が武田勢だけに、家来の中には、

「あぶないからおよしなさい」

ととめたものもあり、必死の覚悟で出てきた。家康も、子の信康に、

「こんどはわしが負けるかもしれぬから、おまえは岡崎に帰っておれ」

といったくらいだ。

どんなに甲州勢がおそれられていたかわかる。

信長は、この一戦はたいせつだとみて、子の信忠はじめ、柴田勝家、佐久間信盛、池田信輝、滝川一益、丹羽長秀、蒲生氏郷、木下秀吉、明智光秀という家来のりっぱなところばかりをつれてきたし、家康も大久保忠世、本多忠勝、榊原康政、石川

数正（かずまさ）、酒井忠次などという一級ばかり総ざらえだ。

ここにも武田勢に対して、だいじをとっていることがよく知れるのである。

信長は、武田勢に対抗する戦略を考えて、家康に相談した。

「武田勢の今までのやりかたは、かたまった軍勢でむちゃくちゃに突撃して、敵陣のくずれたったところに馬に乗った騎馬兵がつっこんできていつも勝っていた。それで、騎馬兵の突入をふせぐ方法を考えました。それは、わが陣の前にからぼりやさくをたくさんこしらえて、馬がはいれないようにして、鉄砲でうつことです。どうでしょう」

と、信長は話した。

家康は、心の中で、あっと感心した。

「さすがは織田どの、よいお考えです」

と、すぐさんせいした。

さっそく、からぼりとさくが陣の前に、二重にも三重にもつくられた。武田勢の来襲を、いまやおそしと待ちうけた。

武田軍のほうでも、織田、徳川の軍備のばかにできないことを知って、馬場、山県、内藤（ないとう）などの老臣は、

「こんどはいったんしりぞいたほうがよいでしょう。信州に敵をひき入れて戦ったほうが有利です」

と、勝頼にすすめたが、血気にはやる勝頼はいっこうに聞きいれない。

今までの武田の戦法どおり、五月二十一日の夜明け五時ごろ、甲州軍とくいの密集部隊は織田、徳川陣へときの声をあげて猛然とおそいかかった。

この戦いでは信長の作戦がずにあたった。

武田勢がいくら勇猛でも、鉄砲にはかなわない。さくやほりにひっかかって、まごまごするところをうたれて、ばたばたたおれてしまった。このとき、織田がたの使った鉄砲は三千ちょうもあった。

鉄砲は天文十二年（一五四三年）に鹿児島の沖の種子島(たねがしま)に、ポルトガル船が来て伝来したものだが、信長はよくこの新兵器に目をつけて、その特長をいかして長篠戦に応用したといえる。

鉄砲がはじめて日本に伝わってきたときのようすをすこし書いてみよう。

鹿児島県の南の海上にある種子島は、南北十四里、東西二里半の小さな島である。そのときの領主は種子島時堯(ときたか)といった。

あるとき、この島に見なれぬ大きな船がどこからともなく漂着した。あらしのために遭難してきたことは、船のようすですぐわかった。わからないのは、乗っている人間たちで、まっかなちぢれたかみをした雲つくような大男ばかりである。ことばは、さっぱり通じない。

その中に中国人がひとりいた。島のものが、その中国人と砂の上で、漢字を書いて話をした。筆談である。

その結果、ポルトガル人たちはシャムから中国の寧波(ニンポー)に行くとちゅう、海賊船や暴風におそわれ、この島に流れついたものであることがわかった。

そこで、領主の時堯の前に、かれらをつれて行った。その中の、かしらぶんのような三人の男のひとりが、きみょうな鉄の機械をもっていた。それが鉄砲であった。

時堯は、それをためさせた。ポルトガル人はとくいになって、鉄砲をうってみせた。見物している日本人は、はじめて見るこの文明の武器に、びっくりぎょうてんした。

領主の時堯は、それがほしくてならず、とうとうそれを二千両で二個買いあげた。そして、その技術と、弾薬(たまぐすり)のつくりかたとを家来にならわせた。それから、時堯は鉄砲の製造にとりかからせた。鉄砲のことを、むかしは「種子島」といったのは、このためである。

これが全国にひろまったのは、堺の商人の橘屋又三郎というものが種子島に来て一年ばかり滞在し、鉄砲のつくりかたをならって帰り、それから近畿、関東にひろまったということである。

そのころの鉄砲は、筒口からそうてんしたもので、火なわといって、なわに火をつけて、火薬にうつらせたのである。火薬は黒い色をして、発射すると煙りが出た。弾丸はなまり製のまるいたまで、重さは、銃の口径に比例して、三匁五分から三十匁ぐらいだった。射程距離は百メートル内外で、だいたい、二、三十間ぐらいまで、敵をひきつけて、うった。

こういう新兵器が出ては、いくら甲州の武者が強いといっても鉄砲にはかなわない。

むかしは、一騎打ちの勝負が多く、

「やあやあ、われこそはなんの国の住人で、なんの家来、なんのなに兵衛なり。われと思わんものは出あえ出あえ」

などといって、戦いをいどんでいたのであるが、鉄砲の前にはひとたまりもない。

「やあやあ」

といいかけるところを、どんと一発射ぬかれて、おしまいである。

「とび道具など、ひきょうな」

　といっても、はじまらないのである。

　それにひきかえ、勝頼は、あまりに父信玄の戦法にたよりすぎたのだ。さすがの信玄の戦法も、鉄砲という新しい武器の前には、時代おくれの旧式軍略となったわけである。

　長篠の戦いで、武田勢は、馬場、山県、真田（さなだ）、高坂の名だたる勇将が戦死して、勝頼はやっと甲府ににげもどった。

　それいらい、武田の勢いは急におちてしまった。

　長篠の戦いは鉄砲の勝利である。


　家康が、武田という大敵をひかえて、やっと駿府、三河の領土をまもっている間に、信長は十九か国をたいらげ、京都にはいって天下に号令する勢いとなった。

　わかかった家康も、もうじき四十を迎える。むかしの四十は年よりのほうにはいる。けれども、家康はあせらなかった。じっとしんぼうづよく時節をまった。この忍耐は、かれが少年のときから苦労したおかげである。

「人の一生は重荷を負って、遠い道を行くようなものだ。いそいではならない」

「不自由があたりまえだと思っていれば、不平や不足はない」

「心に、ものがほしい気持がおこったら、こまったときのことを思い出せ」

このようなことばは、今に、家康のおしえだといわれているが、家康の気持をよくあらわしている。

忍耐、質素、堅実が家康の一生を通じての修養であった。

ところが、ここに、家康が歯をくいしばってしんぼうせねばならぬことがおこった。

家康の長子、信康は武勇がすぐれて、家康がとてもかわいがっていた。長篠のいくさでもみごとな働きをして、敵の勝頼が感心したほどである。

信長は、徳川家とよりいっそう仲よくするため、自分のむすめの徳姫(とくひめ)を信康の妻にした。つまり、織田、徳川は、それで親類になったわけである。

一方、家康の妻は、気性がはげしくて、家康とあわずに岡崎の近くの築山(つきやま)というところに別に住んでいた。だから、かの女は世に築山殿といわれていた。

この家康夫婦の不仲に目をつけたのが、甲府の武田勝頼だ。

勝頼は、なんとかして長篠の失敗をとりかえそうとあせっているときなので、

「こいつは、しめた」

と、減敬という医者を間諜にして、築山殿に近づけさせた。減敬は築山殿の信用をえたばかりでなく、築山殿を武田がたにひき入れることに成功した。

築山殿は夫の家康がにくいばかりに、敵の武田がたについて味方をうらぎったわけである。そればかりか、信康のよめの徳姫も、信長のむすめだから、これもにくい。

築山殿は信康も、うらぎりのなかまに入れようとした。

信康は、びっくりして、

「お父うえをうらぎって、武田がたにつくなど、もってのほかです。どうか、そんなおそろしい考えはやめてください」

と、母にたのんだが、築山殿は、いろいろなことをいって、信康をさそうことをやめない。

これを知ったのが徳姫だ。徳姫は、かねて築山殿からいじめられているから、こっそり父の信長のもとに知らせた。

徳姫は、夫の信康もにくんでいた。というのは、信康は、武勇はあったがらんぼうなことが多く、徳姫について来た女中を腹だちまぎれに殺したことがあったからだ。

信長は、そのころ、ものすごくりっぱな城を安土（今の滋賀県近江八幡市安土町）にきずいて住んでいた。

信長は、徳姫の手紙を見ておどろいた。かれも信康の武勇を知っている。こんな青年武将が勝頼に味方してはたいへんだと思ったので、おりから家康の使いで安土に来た酒井忠次を別室に呼んだ。

「徳姫から、こんな手紙が来ている。おまえは知っているか」

と、信長は忠次に見せた。

忠次は信康の手におえないらんぼうをにがにがしく思っていたので、

「信康さまが武田がたへうらぎりというのは知りませんが、ほかの、鷹野の帰りに坊主を殺したり、女中の口をさいたり、おどりかたがまずいといっておどり子を殺したことはほんとうです」

と答えた。

信長はしばらく考えていたが、

「そんなふるまいでは、とても、ものにはならぬ。帰って徳川どのに伝えよ、早々に信康どのに腹を切らせるようにとな」

と、冷たくいいわたした。

忠次は、まさか信長がそうまでいおうとは思わなかったから、あわてたけれど、もういいわけは追いつかない。すごすご浜松に帰って、家康に信長の命令をつげた。

家康は、じっと指をかんで考えこんだ。

(かわいい信康を殺す、そんなことができようか。信康はなにも知らぬのだ)

と思ったが、

(今、信長のいいつけに反対したらどうなる？　西に北条〈氏政(うじまさ)＝氏康の子〉、武田をひかえ、織田といくさをしても、勝ちめはないのだ)

と考えると、どうしても信長のいうことをきかねばならなかった。

家康はおさないときからいろいろながまんをしてきた。が、わが子信康に、腹を切らせよ、という信長の命令に従ったときほど、つらいがまんはなかった。

家康は信康のもとに、天方山城守(あまがたやましろのかみ)と服部半蔵(はっとりはんぞう)を上使としてやり、切腹をいわたさせた。

信康は、使者の口上を聞くと、

「私が勝頼に内応したなどはまったくの無実だ。このことは、よく父うえにいってくれ。そのほか、なにもいうことはない」

といい、服部半蔵を見て、

「半蔵、そちとはなじみであるから介錯してくれ」

とたのんだ。

介錯というのは、切腹したものが長く苦しまぬように、後から刀で首を切り落すことである。

信康は自分の腹に刀をつきたてた。

半蔵は、介錯の刀をふるったが、あまりのあわれさに、手もとがくるい肩を切った。

それで、天方山城守がかわった。信康は二十一歳であった。

家康はその報告を聞いて、

「鬼をも負かすという半蔵も、あるじの首は切れなんだか」

といって、なみだを流した。

天方山城守は、そのことを聞くと、家康の心を思って、高野山にはいって坊さんになった。築山殿も、家康の命令で殺された。

信長の死

天正十年（一五八二年）の三月、信長と家康の連合軍は、武田勝頼を討つため甲斐に攻め入った。

甲斐の国はぐるりが山にかこまれて、容易によそから攻められなかった。勝頼は長篠で負けてから七年間もぶじだったのはおもにそのためだった。

こんど、織田、徳川勢が甲斐にはいるのも、武田がたの家来が織田がたに寝がえって、

「道案内をいたします」

とさそったからだ。

信長は、長子の信忠を先に木曾路（岐阜県）から攻めこませ、家康は、駿河の国から富士山の麓を通って甲府盆地にはいった。このコースは、だいたい今の国鉄身延線と同じである。

勝頼は、家来からそむかれ、寄るべき城はなく、信長と家康の両軍に攻めたてられて、とうとう甲府の近くの天目山（てんもくざん）に家族といっしょににげた。

が、ここも追撃されたので、

「もはや、これまでだ」

と覚悟して、自殺した。

家族、家来、みんな勝頼の死にしたがった。

信玄いらい、武名高かった武田家一門は、まったくこれで滅亡したのだ。

こうなると、信長が現在、戦っている大きな敵は、中国地方の毛利（もうり）だけである。

毛利家は、毛利元就（もとなり）の代に勢いがさかんになり、今の岡山県、広島県、鳥取県、島根県、山口県、福岡県のぜんぶを領土としていた。

つぎのような伝説がある。

元就に三人の男の子があった。

元就は三人に、弓の矢を一本ずつ持たせて、

「折ってみよ」

といった。

男の子は、わけなく折った。そこで元就は、

「では、三本をいっしょに折ってみよ」

といった。

男の子は、弓矢を三本持って、いっしょに折ろうとしたが、折れなかった。

元就は、

「それみろ。弓矢でも、一本なら折れるが、三本いっしょでは折れまい。これから、おまえたち三人は、なにごともいっしょに心をあわせたなら、こんなに強くなれるのだ」

と教えた。

伝説だからほんとうの話かどうかわからないが、とにかく、元就の三人の子はみごとに協力しあった。毛利隆元、小早川隆景、吉川元春がその名まえである。

信長は、この毛利征伐に、いくさの上手な家来、羽柴秀吉をやらせていた。羽柴秀吉が、のちの豊臣秀吉であることはだれも知っていよう。

さすがの秀吉も、この毛利の三兄弟の強さには手をやいていた。

信長は、武田勝頼をほろぼして、帰りの道は甲府から富士山見物としゃれて駿河に出た。駿河から安土に帰る道、今の東海道を行くのだが、これは、家康の領土だ。

家康は、信長の通行に、下にもおかぬていねいな接待をしたから、信長もたいそう喜んだ。そして家康に駿河の国を与えた。

（これで、私も、駿、遠、三の、三つの国の領主となった。おさないときに人質に行ったときの今川義元と同じ領土だ。人間の運命ほどわからぬものはない）

と、家康はしみじみ思うのである。

信長はあついもてなしをうけたお礼に家康を安土によんで、名高い幸若舞いを見せたり、心からごちそうした。そのときに信長のいうには、

「どうも、毛利征伐が、はかばかしくないのでこまったものです。私は、近いうち、京都に行ってそのさしずをするつもりですが、あなたも、堺を見物なさって、京都に来られてはどうですか」

とさそった。家康は、うなずいて、

「堺は近ごろ、異人が来てめずらしいものが見られるそうですな。それでは京都から堺を見物にまいりましょう」

というと、信長は、

「じゃあ、また、京都で会いましょう」

といって別れた。

これが家康が見た信長の最後の姿だとは、さすが夢にも思えぬことだった。

そのころの堺は、日本の開港場でポルトガル人などが来ていた。鉄砲なども、堺で製造できるのである。

家康は、京都見物をすませ、伏見を下って大坂から堺に行って、ゆうゆうと見物した。京都の商人で、茶屋四郎次郎という男も案内役としていっしょだった。茶屋は、

「信長公には京都の本能寺にとまられています。京都にお帰りになってはいかがです」

「さようか。それでは明日まいります」

と、家康はいった。

茶屋は、さきに京都に帰った。

あくれば天正十年（一五八二年）六月三日である。

家康は、家来の本多忠勝を先ぶれとして先に京都にたたせた。

忠勝が大坂と京都の間の、枚方まで来ると、茶屋が顔色かえて来るのに出会った。

茶屋は忠勝を見ると、

「よいところで会いました。たいへんなことがおこりました。けさ、信長公は、家臣の明智光秀のむほんのために本能寺で殺されました」

という。忠勝もぎょうてんした。

「それは大変事だ。すぐ上さまに申しあげなくては」

と、その場からひきかえしたが、堺にもどるまでもなく、家康の一行と途中で出会った。

家康も、聞いて、このときばかりは、びっくりしてしまって、すこしとりみだした。

「名もなきものの手にかかるより、今から京都に行って討死にしよう」

といいだしたのである。

それはむりのないことでもあった。家康の主従は、わずか十人たらずで、しかも土地不案内だ。信長が殺されたとうわさがひろまったら、たちまち土地の百姓が落ち武者のよろいや金めのものをめあてにおおぜいでおそってきて殺されるにきまっているからだ。戦国の時代には、「土寇(どこう)」といって、こういう悪い百姓がいた。

そんなものに殺されるより、長年の信義のまじわりのあった信長のために、明智がたに殺されたほうがよいというのだ。

まったく、家康と信長の間ほど、長年、信義で結ばれた間は、戦国時代に珍しい。きのう、約束しても、今日はそむくというのが当時のならわしであった。

これは、信長と家康の人がらであった。信長は気が短かったが、約束はかたく守った。家康も、いったん相手のま心を知ったら、うらぎる男ではなかった。

家康が、京都に行ってきり死にをしようというのを、家来がやっとなだめて、宇治から伊賀（三重県）の間道を通って伊勢の海岸に出て、そこから船をやとって、ようやく三河に帰ることができた。

そのとちゅう、ずいぶん土寇のために危いめにあったが、本多忠勝の槍をもった威勢と、いっしょについていた茶屋が、いたるところでおしげもなく金をつかったので無事だった。

また、大坂の佃村の土民は家康の一行にべんとうをさし出すなどの親切をしたから、のちに家康が江戸で将軍になったとき、

「佃のものを呼んでやれ」

と、家康からのことばで、かれらは隅田川の入口にある島に移り住んだ。佃島というのが、これである。かれらは税をめんぜられ、隅田川の魚をとる権利（漁業権）をもらった。「佃煮」はかれらがはじめたという。

伊賀のものも、家康一行の道案内にてがらがあったから、のちに江戸城におおぜいで召されて家来となった。かれらは「伊賀もの」とよばれた。

家康が、ぶじに国に帰れたのが、どんなにうれしかったか、こうしたお礼でもわかるであろう。

無事に自分の領土の岡崎に帰った家康は、すぐに軍勢をひきつれて、信長を殺した明智光秀を討つために出発した。

そして名古屋の近くまで来た時に、羽柴秀吉の使いに行きあった。

「明智光秀は私がうちとりましたから、もうご心配いりません」

という秀吉からのことづけなのだ。

家康は、秀吉のきびんな行動にびっくりした。

家康は、今の今まで、秀吉が中国地方で毛利軍と戦っているとばかり思っていたのだ。秀吉は信長の死を聞いて、いそいで毛利と仲なおりし、兵をかえして明智光秀を攻めほろぼしたのである。

「秀吉という男は、なんとすばしこい男だろう」

と、家康は思った。

「秀吉という男は、えらいものになるにちがいない」

とも思った。家康の目の前には、羽柴秀吉という、猿のような顔をした男が急に大きく見えてきたのである。

織田信長が殺されたというので、信長が新しい領分とした甲斐の国がさわがしくなった。家康は、それをしずめるために甲斐に出馬した。つづいて信濃の国（長野県）もおさめた。

甲斐と信濃は、こうして家康の勢力のもとにはいった。

それで家康は、今では、駿、遠、三、甲、信と五か国をもつ身となった。

しかし、織田信長という日本の中心人物がいなくなって、いちばんとくをしたのは羽柴秀吉である。

秀吉は、信長のかたきの明智光秀をだれよりも早く討ったというので、いつのまにか、信長のあとつぎのような実力をもった。

それをおもしろく思わない柴田勝家という、信長のふるい家臣は、秀吉と賤ヶ岳（滋賀県）で戦った。勝家は、秀吉にさんざんに負けて自分の城の北ノ庄（今の福井市）ににげかえって自殺した。

むかしからの織田の家臣の、前田利家、丹羽長秀、滝川一益、蒲生氏郷という大名は、みんな秀吉についたし、毛利輝元も秀吉に好意をよせたから、まったく秀吉は信長のあとを、そっくりちょうだいしたと同じになった。

秀吉は大坂に新しい城をきずいた。大坂は要害の地としてかねて目をつけていたのだ。

ところが、信長の子に信雄(のぶかつ)、信孝(のぶたか)のふたりがいたが、信孝のほうは柴田勝家について味方し、勝家がほろぼされて自殺したから、信雄ひとりとなった。

信雄は秀吉から尾張一国もらっていたが、

(ほんとうなら自分が父の信長のあとをつぐのに、秀吉がかってなことをするのはけしからぬ。秀吉をやっつけなければならぬ)

と考え、自分ひとりの力ではおよばないから、家康のもとにきてうったえた。

「秀吉というやつは悪い男です。私をじゃまにして、追いのけようとしています」

と、信雄はいった。

家康は、

「そうですか。秀吉にとってはあなたは主人すじなのに、けしからぬ話だ」

と、信雄を助けることをやくそくした。

家康にしても、秀吉が、日に日に勢力をどんどんのばしてくるのがおもしろくなかったのである。

もともと秀吉は、尾張の中村(なかむら)という草ぶかい田舎に、百姓の子として生まれた。

信長につかえた時は、ぞうり取りという低い役めであった。それが、とんとんびょうしに出世したのだが、身分もなにもなかった。戦国の時代は、実力の世界だということが秀吉の例でもよくわかる。が、家康は信長の家来ではなく、いわば弟ぶんか客ぶんであった。秀吉は信長の家来であった。身分も、地位も、ちがうのである。

自分より低い身分や地位の秀吉が、しだいに勢いを天下にのばしてきたのだから、家康がいやな気持になるのはむりもなかった。秀吉にしても、家康は目の上のこぶである。なんとかとりのぞかねばならぬ男だった。

信雄のことがなくても、ふたりはいつか衝突せねばならない運命であった。

この両軍が衝突したところが小牧山(こまきやま)だ。小牧山は名古屋の北三里の地にある。十メートルにもたらぬ、まるい小さな山である。

天正十二年三月、家康は、この小牧山にとりでをきずいてはいり、信雄とともに秀吉の来るのを待った。

秀吉は三月二十一日、十二万五千という大軍をもって、大坂を出発し、二十七日犬山(いぬやま)城についた。犬山城は小牧山の北で、木曾川の川べりにあるけしきのよいところで、今では日本ラインなどといって名所になっているが、要害の城であった。秀吉に味方した池田勝入が早くも占領しておいたのだ。

秀吉は、犬山城にはいると、すぐに自分から、わずかの家来をつれて敵陣のようすを見に行った。

「うむ、さすがは家康、なかなかのかまえだ。これはうかつに手出しはできぬぞ」

と、秀吉は、ひとりでつぶやいた。

すぐにひきかえすと、田楽というところにとりでをきずいて本部とし、二十余町にわたって厚さ一間二尺、高さ二間三尺の防塁をつくった。

これを知った家康は、小牧山の北のふもとから六、七町の塁をこしらえた。

「ゆだんのならぬ秀吉じゃ。うかつに攻められぬ。まもりをげんじゅうにせねばならぬ」

と、家康は、いよいよ、自分の陣のまもりをきびしくした。

こうなると、どちらもまもることばかりで、攻めることを考えないようだが、じつは、秀吉も、家康も、相手の強いことを知っているからだ。

たとえば、強い剣術者同士のしあいのようなもので、おたがいに刀を正眼にかまえたまま、じっと立っているのと同じだ。すきあらば、打ちこもうとするのだが、どちらにもかみの毛ほどのすきがない。うかつにふみこめないのだ。

秀吉も、家康も、長篠のいくさのときの武田勝頼のように、めくらめっぽうに攻撃に出るというようなばかではなかった。いわば、どちらも長篠戦の信長の戦法であった。二重にも三重にもさくをつくって、まもりいってんばりであった。

いわば横綱と横綱どうしのすもうだ。

うっかり、先に、しかけたほうが負けなのである。

ふたりとも、それを知っている。知っているからにらみあったまま、動けない。

が、これではてしがないではないか。


秀吉の田楽の陣と、家康の小牧山の陣とはわずか一里ぐらいの間である。それなのに、どちらも相手をにらんだまま、じっとしている。

こうなると、精神の戦いである。おたがいの性格の勝負となってくる。

はたして、すこし、じれてきたのは秀吉のほうである。

ちょうど、池田勝入が、こんなことを秀吉にすすめてきた。

「どうも、このままではきりがないようです。私が考えますのに、家康は、ほとんど自分の軍勢をみなつれてきていますから、三河の国はからっぽです。ですから、今、こっそり三河に攻め入ったら、わけなくとれます。家康が、それを聞いたら、自分の本国がとられたのだから、びっくりして三河へもどるにちがいありません。そこをあとから追撃して、両方からはさみ打ちにしたら、勝つにきまっています」

秀吉は、それを聞いて、

「それはおもしろい作戦だ」

と、ひざをたたいた。

「おれも、このままではしかたがないから、こまっていたのだ。しかし、だれが三河へ攻め入るのだ」

「それは私におおいいつけください」

と、池田勝入はいった。秀吉は、勝入の顔を見て、首をかたむけた。

「しかし――よい作戦だが、相手は家康だ。すこし、あぶない気もするな。まあ、よく考えてみよう」

と、秀吉がいうと、勝入はひざをのり出して、

「ひごろのあなたらしくもありません。よい作戦とお考えになったら、すぐに実行なさるあなたではありませんか。ぜひ、私に三河攻めをやらせてください」

と、しきりにたのんだ。

　勝入は、そのすこし前に、自分のむこの森長可（もりながよし）に失敗があったから、そのめんぼくをとりかえそうとして、そういったのかもしれない。秀吉は、心配だったが、作戦がおもしろかったから、

「それでは、おまえのいうとおりにしよう。ただし、家康はただの男ではないから、だいじをとって、けっしてゆだんしてはならぬぞ。くれぐれも気をつけるように」

　と、勝入のたのみをゆるした。

「わかっています。だいじょうぶですよ」

　と、勝入は、はりきった。

　勝入は、森長可と三好秀次（みよしひでつぐ）（のちに秀吉の養子となる）と堀秀政（ほりひでまさ）とをつれ、二万の兵で六日の夜なかに、こっそり三河へ向かって出発した。秀吉は、それを敵にさとられぬよう、わざと家康の陣へ鉄砲をうちこんだりした。

　ここで、家康が、ぼんやりしていたら、池田勝入の作戦どおりになったかもしれない。が、家康は、池田軍が三河に向かってすすんでいることを早くも味方の間諜（かんちょう）の内報で知ったのである。

「秀吉め。こざいくをやりおる。その手にのるものか」

　と、すぐに追撃の用意をした。

先発を水野忠重とし、先鋒は井伊直政に命じて、小牧の本陣を八日夜、やみにまぎれて出た。小牧には本多などの兵を残して、秀吉にさとられぬようにした。

秀吉は、そんなことはすこしも知らない。池田隊のあとを家康が追いかけて出たとは気がつかず、家康は小牧山にありとばかり思っていた。このへんは、おたがいにばかしあいである。そして、みごと家康が秀吉のうらをかいたことになる。

徳川軍は、九日の夜あけに、敵の後尾に追いついた。それは三好秀次の部隊だった。

岡崎城をめざして急いでいる池田勝入と堀秀政の軍は、あとからおそろしい敵が追いついて来るとはすこしも気がつかず、警戒兵も出さずに、のんきに三河へ三河へと向かっていたのだが、とつぜん、うしろから銃声を聞いた。

それは徳川軍が三好秀次隊をおそったときなのだが、ふいをくらった三好隊は、さんざんに破られ、秀次も、あぶないところで助かるという、みじめな負けかたであった。

堀秀政は、その知らせを聞くと、

「徳川軍は、かならず勝ったのに気をよくして、浮き足でここに攻めてくるだろう。そこをひきつけて鉄砲でうってやろう」

と思い、川を前にして、隊を二列にして待ちうけた。そして部下に、

「敵が十間以内に来てからいっせいにうて。敵の騎士ひとりたおしたら百石の加増じゃ」

といいわたした。

すると案のとおり、徳川勢の、水野、大須賀、榊原隊はにげる三好隊を追うてやって来た。ころはよしと、

「それ」

と、堀秀政が命令すると、待ちかまえた鉄砲からいっせいに火がふいた。

ふいの鉄砲のいっせい射撃をくらって、徳川がたは大あわて、ばたばたとたおれていく。そこを、うわあと突撃したから、水野隊、榊原隊はくもの子のように散ってにげた。

徳川軍の本隊、家康は井伊隊をつれて九時ごろ到着したが、水野、榊原隊の負けたしらせを聞いて、池田軍がまだひきかえしてこないうちに長久手の付近に陣をしいた。

堀秀政は、家康の馬印である金の扇が、朝日にぴかぴかかがやいているのをはるかにながめ、

「さては家康が来たか。この大敵とあってはかなわない」

と、さっさと秀吉のいる田楽の方へにげてしまった。

さて、家康軍の追撃をいちばんあとになって知ったのは、三河の方へ向かっていた池田勝入、森長可の先発隊だ。

池田勝入は、家康来たる、と聞いて、

「さては、しくじったか。こうなれば、家康と戦うまでだ」

と、自分が作戦した責任上、家康の軍をむかえた。

家康は、まず森隊をおそって大敗させた。

「鬼武蔵（おにむさし）」といわれた大将森長可は、鉄砲で内かぶとを射ぬかれて、馬から落ちて戦死した。

このころ、池田隊も、さんざんにやぶられていた。

池田勝入も、このありさまを見て、覚悟して、刀にも手をかけず、自分から、敵に首をとらせた。

勝入は、まったく敗軍の責任をおい、秀吉にもうしわけない、という心であった。

勝入の死んだ場所が、そば畑であったというので、池田家の子孫は、代々そばをたべなかったという伝説がある。

それはともかく、秀吉が家康の追撃を知ったのは、秀次の負けた知らせがきてからだ。

「しまった。やられたか」

と、秀吉は思わず、大地を足ぶみした。

秀吉は、すぐに池田勢をたすけるため家康のあとを追って、二万の兵をひきいて出発した。これが午後一時ごろである。

秀吉が竜泉寺川(りゅうせんじがわ)の南を急いでいると、川の向こうから鉄砲をうちかけてくるものがある。わずか、五、六百の小人数だから、さすがの秀吉もあきれた。

「さてさてだいたん不敵なものもあるものじゃ。千にもたらぬ人数でこの大軍に向かうとはなにものか。だれか見知ったものはないか」

というと、家来のなかから、

「しかのつのまえだて(かぶとのかざり)に白きひきまわしは、先年、姉川のいくさで見おぼえた徳川の家来、本多平八郎(へいはちろう)と申すものです」

というと、秀吉はなみだを出して、

「平八郎は、ここで討死にして、われらの進軍をおくらせ、すこしでも家康を有利にしようとしているのじゃ。さすがは三河武士である。あっぱれのものだ。みな、平八郎に手を出すな。平八郎にかまうな」

といって、そのままおしすすんで行く。

秀吉が長久手についたのは午後五時ごろである。

家康は秀吉が来るまで、現場をうろうろしてはいない。さっさと兵をまとめて、付近の小幡（おばた）城にはいってしまっていた。

秀吉は、くやしがって、

「それなら、きょうは日暮れだから、明朝、夜明けとともに城攻めしよう」

と、諸軍に命令した。

ところが、朝になってみると、家康はゆうべのうちに、こっそり城を出て、小牧山の方へ帰ってしまったことがわかった。

秀吉は思わず、ため息をついた。

「ああ、家康という男は、さてさて花も実もある、もちでもあみでもとれぬ名将じゃ。日本ひろしといえども、ふたりとあるまい。こんな人を一度でもよいから、自分に頭を下げさせてみたいものだ」

和平

小牧山の戦いは、秀吉と家康とどちらが勝ったであろうか。

この戦いは、どちらもだいじをとって、主力と主力の衝突がなかったから、勝負なし、という見かたもある。

しかし、秀吉が家康の裏をかくつもりで、池田勢を三河にこっそり出すと、家康はたちまちそれを火のように追って大敗させた。秀吉が、おどろいて行ってみると、家康はちゃんと城の中にはいって動かずにいる。その城を攻めようとすると、いつのまにか風のようにいなくなっている。

いつも、秀吉がしてやられてばかりいたのだ。してみると、この戦いは秀吉のほうがぶがわるい。ボクシングやレスリングでいえば、秀吉の「判定負け」ということになろう。

だから小牧山の戦いから、徳川家康の名は、全国でたいそう重みのある名となった。

また、今まで連戦連勝、一度も負けたことのない秀吉が、はじめて、こつんと一本とられたのだ。それからというものは、秀吉は家康に、尊敬と、おそれとをいだくようになった。

ちえのある秀吉は、けっしてむりをしない。家康と戦うより、仲なおりして味方につけておくほうがよいと考えたから、まず、織田信雄と和睦した。それから浜松の家康のところに秀吉は信雄を使いとして、

「信雄どのとも仲よくしました。これからは、ぜひ、あなたとも手をにぎっていきたい」

と申し入れた。

家康も、信雄が仲なおりしたのではしかたがないから、

「わかりました。仲よくしましょう」

とこたえた。

日本中はうちつづく長い戦争で、民衆がどのように苦しんでいるかわからなかった。

「もう、戦争はやめてくれ」

「戦争はいやだ。こまるのはおれたちだ」

といっても、相手が自分たちより力のある武士では、泣き寝いるよりほかはない。

むかしの百姓や町人ほど個人的にはあわれなものはなかったのである。

しかし、百姓がこまることは、やっぱり武士階級もこまってくることだった。なぜなら、いくら刀ややりでいばっても、武士はなにひとつものを作らない。米やむぎや野菜をつくるのは百姓であり、着物や道具をつくるのは、大工や職人であり、その着物の原料のかいこや綿をつくるのはやっぱり百姓であり、家をたてる材木を山からきり出すのはきこりであり、家の道具ややり、刀をつくる原料の鉄は鉱夫が山から掘るのだし、そういう品々をとりひきして全国にいきわたらせるのは商人であり——そう考えると、武士はなにひとつ役にたたないことがわかる。

すると、人間の生活にたいせつなものをつくるのは、弱い百姓や商人や職人だが、これらの人びとがこまれば、ものの生産ができなくなり、それでは武士だってこまることになる。

もともと武士は百姓や町人という日本国民の八割ぐらいの人数の上に乗っているごくわずかな数だから、大衆がみんなで、

「戦争はもういやだ、やめてくれ」

といえば、それに従うよりない。

百姓のひとりひとりがいってはだめだが、みんなの気持がそろえば、いくら武士でも、

「ばかをいえ、おれたちは戦争するのがしょうばいだ」

では、すまなくなる。

弱い百姓も、みんなが一つになると強いものである。

戦国時代という長い間の戦争でいっぱんの国民大衆はみなめいわくした。そして戦争をやめろという口に出さない声が日本じゅうからわきあがった。

武士だってこのありさまに知らぬ顔をしているわけにはいかない。

「戦争をやめよう。それにはだれかが日本をまとめなければならぬ」

という気持になった。

それが、織田信長に天下をとらせたのであり、豊臣秀吉を関白にならせたのであり、徳川家康を将軍にしたのである。

ここでいっておきたいのは、信長も秀吉も家康も個人の力では知れているということだ。かれらが自分の力で天下をとったと思うのは大まちがいである。そういうふうにならせたのは、民衆の力であり、社会の情勢である。

ただ、信長も秀吉も家康も、時代の、選手であっただけである。

さて、家康は、秀吉からの和平の申し入れをうけてためらった。

その使いにたったのは織田信雄である。

「羽柴家と徳川家とがすえながく仲よしになるため、どうかお子さまを秀吉の養子にやって、親類になってください」

と、信雄はたのんだ。

養子にやる、といっても、じつは人質と同じなのである。が、家康は、これもしょうちした。そして自分の二番めの子(長男の信康は死んでおらぬから、じつはいちばん上の子だが)の於義丸(おぎまる)を秀吉のもとに出した。

秀吉は、於義丸に自分の名の秀の字と家康の康をとって、秀康(ひでやす)と名のらせた。

それから二年間、秀吉と家康の間は、争いはなかった。

が、争いがなかったというだけで、ふたりの間は、仲がよいというほどではなかった。どちらの気持も、しっくりせず、秀吉は家康を早く自分の下につけたいと思うのだが、家康が、

(なんだ、秀吉なんかに)

という態度だから、なんとなくまだにらみあいがつづいているというかっこうだ

った。

その間に秀吉は、四国の長曾我部元親をくだし、九州にがんばっていた島津義久を降参させた。

朝廷では秀吉を関白の位につけ、豊臣という姓を与えた。

これから羽柴秀吉は、関白豊臣秀吉となる。天正十三年（一五八五年）七月のことである。

秀吉がこんなに勢いがよいのに、家康のほうはすこし景気がわるくなった。

その一つは信濃の真田昌幸が家康にそむいたことである。家康は、すぐ大久保忠世、鳥居元忠、平岩親吉などに八千人の兵をつけて真田の居城である信州上田を攻めさせた。

真田昌幸は、はじめ武田信玄の家来であったのを、武田滅亡後は徳川がたについたのだが、家康が約束にそむいて自分の土地を北条氏直にやったので腹をたてたのだ。

家康にすればつらいところで、北条のきげんをわるくすると秀吉と万一戦争になったときこまるので、北条のいいなりになったのである。

が、真田にすればおこるわけだった。そのうえ、昌幸はいくさじょうずで、大久

保などが、

「たかが小城一つ、なに、ふみつぶしてくれん」

と、かかってきたのに、作戦を用いて、さんざんに負かしてしまった。

負けた大久保たちは城を遠まきにしたが、真田も越後の上杉景勝の応援を求めたから、家康は、

「真田のような小城にひっかかって、これがもとでまた天下が乱れてはこまるから、みなひきかえしてこい」

と、大久保たちを帰させた。そのため、せっかく、手に入れた信濃は、だんだん家康にそむくものが出てきた。

つぎには、長い間、家康の家臣であった石川数正が、むだんで浜松をにげて、秀吉の家来になったことである。

石川は三河からの古い松平家の家来だが、秀吉の勢いよいのを見て、秀吉につく気をおこしたのである。

それに、信州深志城（今の松本市）の小笠原貞慶、三河刈谷の水野忠重（家康の母が養女となった先の弟）もいっしょに家康から秀吉にはしった。

家康の家来は、石川数正などを、

「犬ちくしょうよりおとった恩知らずなやつ」

とののしったが、家康は苦笑しているだけだった。ただ、石川が徳川軍の戦法を知っているから、秀吉に対抗するため、まったく戦術をあらためた。

家康は、戦術家としての武田信玄を尊敬していたので、すっかり甲州流の戦法にしたということである。

こまったとき、苦しくなったときにいちばん家康の性格の特徴が出た。

家康は、こんなふうに形勢がわるくなっても、すこしもかなしそうな顔はせず、毎日、すきなたか狩りをして野を歩きまわっていた。


秀吉は、どうかして家康を自分の下につけたいと思った。

今は関白となり、事実上の天下人となった秀吉に、諸国の大名はあらそって、人質を出し、

「けっしてあなたさまにそむきません」

とちかった。

秀吉は使いを出して家康にも、その重臣の子を人質として出されよといった。

家康は前に於義丸を出しているが、これは秀吉の養子という名目である。こんど

は、はっきり人質を出せといってきたのだ。

家康は、おもだった家臣を集めて、

「秀吉から人質を出せといってきている。どうしたものか」

と相談した。

みなは声をそろえて、

「それはいけません。ほかの大名と同じように人質なんか出して秀吉の下につくことはありません」

といった。

家康は微笑して、

「よくいってくれた。おれの心もそうだよ」

といって、すぐに秀吉にはことわりを返事した。

秀吉は、それでひっこむ男ではない。

また使いのものをやった。

ちょうど家康は三河の吉良というところでたか狩りしていたが、たかをひじにすえたまま、秀吉の使いに会った。そして使いにいうには、

「秀吉の下になんかおれはつかないぞ。それが気にいらなければ、このたかのよう

にーうちにして秀吉軍を破るだけだ。うそだと思うか。秀吉の軍は十万の上はないだろう。おれのほうは三、四万はある。数では秀吉のほうが多いかもしれぬが、地形もわからぬ上方のうごうの衆じゃ。おれのほうは地理をよく知っているから、せまいところにひき入れて戦えば、こっちの勝ちは目に見えている。おまえら、長久手の負けいくさをわすれたか。また、ここに来たら、いのちはないぞ」

と、にらみつけたから、秀吉の使いは、ほうほうのありさまでにげ帰った。

秀吉は、夜、もどった使いの報告を聞くと、おこるかと思いのほか、

「あははは」

とわらいだして、

「さてもごうじょうなやつじゃ。しかし、このごうじょうものを、近いうち、きっとおれのひざの下に、頭をさげさせてみせるぞ」

といって、

「使いはごくろう、ごくろう。帰って休め。どれ、おれも家康が頭をさげる夢でもみよう」

と、立ちあがって、寝間にはいった。

秀吉は、このうえは、自分の妹を家康の妻にやって、義兄弟となるほかはないと

思った。そのことを家康に申し入れた。

家康は、秀吉のしつこいのにおどろいた。たいていのものがおこるのに、まだこんなことをいってくる秀吉の心にすこしうたれた。

それで、ともかく秀吉の使者の浅野長政（あさのながまさ）に会った。

家康は長政に、

「秀吉の妹をもらってもよいが、三つの条件がある。それさえ秀吉がしょうちなら、おれのほうもしょうちしよう」

といった。

長政は、

「それはどんなことですか」

と聞いた。

「長子長丸（ちょうまる）（秀忠（ひでただ））を、徳川家のあとつぎとみとめること。あとつぎを人質としないこと。駿河、三河、遠江、甲斐、信濃の五か国をあとつぎにやること。この三つじゃ」

と、家康はいった。

長政は、にこにこして、

「これをごらんください」

と、ふところから紙を出した。

それは秀吉の起請の文書で、家康のいうことが三つともちゃんと箇条書きにして、ぜんぶそのとおりにするということが書かれてあった。

秀吉は、長政を使いに出すときから、家康の心の中をぴたりとあてていたのだ。

さすがの家康も、あきれて、

「では、秀吉どのの妹ごをもらいます」

というほかはなかった。

こうして、秀吉の妹の朝日姫（あさひひめ）は、大坂から途中の行列もにぎやかに浜松の家康のところにこし入れしたのである。

しかし、家康は、それで、かんたんに秀吉のところへ行きはしなかった。やっぱり今までどおりであった。

秀吉は、家康を自分のところに来させたくてならなかった。

なぜかというと、いま、日本中で秀吉をたてまつらぬものは、ほとんどいないが、
やっぱり心の中では、

（あいつはなりあがりものじゃ）

と、ばかにしているだろう。そこへいくと、家康は、りっぱな源氏の子孫で、生まれながら身分もあり、実力もほかの大名よりだんちがいに上だ。家康といえば、ほかの大名たちは心から尊敬していた。この家康を自分の下につけたら、日本国じゅう、みんなおれに心服するだろう、という秀吉の考えなのである。

それで妹をよめにやったが、ききめがない。

つぎに秀吉が考えた手は、自分の母を人質として家康に出すことだ。

「私の母を人質として、あなたに出しますから、どうか、私のあなたに対するま心をお察しくださって、わたしのところへ来てください」

こういうたのみを家康にやった。家康も、こんなに秀吉にねばられては、さすがにかたい心も動かないわけにはいかなかった。

それで、まだ家来の間には反対があったが、天正十四年の秋たつころ、おもい腰をあげて秀吉のいる大坂に行くことになった。

家康夫婦が岡崎についたとき、大坂から人質として送られてきた秀吉の母に会った。

秀吉の母と、家康の妻になった朝日姫とが顔をあわせてひさしぶりの母子の面会にふたりともなみだを流したのを、家康の家来が見て、

「秀吉の母はにせものではなかった」

と、安心したという話は、このときのことである。かれらは、秀吉が人質としてにせものを送り、家康を大坂によんで殺すのではないかと心配していたのである。

秀吉は、そんなけちな腹黒い男ではない。

家康は酒井、本多、榊原など六万という大人数のともをつれて大坂につき、羽柴秀長（秀吉の弟）のやしきにはいった。

すると、その夜、秀吉が、なんのさきぶれもなく、わずかなともをつれて、ひょっこり家康をたずねて来た。

秀吉は、家康に会うと、すぐに家康の手をとって、おしいただき、

「このたび、こちらにお出かけくださって、秀吉に天下をとらせてくだされ、まことにかたじけのうぞんじます」

と、あつく礼をのべた。

「あなたとは長篠のいくさいらい十二年めにお目にかかりますな」

と、秀吉は大はしゃぎ、自分で持ってきた酒やさかなを先に毒みして、

「さあさあ、おすごしください」

とすすめた。そして、家康の耳もとに口をつけていった。

「私はいま、おかげで日本でいちばん上の位をもち、天下をにらんでいる顔をしていますが、徳川どのもごぞんじのとおり、私はいやしい身分から信長さまにとりたてられたことはだれもしっております。私の手下になっているものでも、むかしの友だちや先輩が多うございます。口では私を殿さまといっていますが、心から尊敬はしていません。そんなことくらい私にはわかっています」

家康は秀吉のかざりのないことばのしょうじきさに感じいった。秀吉はなおもつづけ、

「近いうち、諸大名の前で、あなたとお会いします。そのとき、どうかみなが私を尊敬するよう、あなたがていねいなおじぎを私にしてください。私は、わざとえらそうにします。どうか、私に最敬礼してくださるよう、くれぐれもおねがいします」

といって、家康の背なかをぽんとたたいた。

家康は、にっこりわらって、

「ご心配はいりません。お妹さんをもらい、こうして大坂に出てきましたいじょう、あなたのおためになるようにいたします。ことさら、ごていねいなおことばでおそれいります。どうぞ、ご安心ください」

と答えたので、秀吉は大喜びで帰って行った。

その日がきた。家康は十月二十七日、大坂城をおとずれた。秀吉は庭まで出むかえた。かれは家康の手をとって、城内に案内した。

へやにはいると、秀吉は上段の高いところにすわった。家康は、はるか下座にさがって、両手をつき、うやうやしく秀吉に拝礼した。

大名たちは、へやの両がわに、ずらりといならんで、息をのんで、秀吉と家康のようすを見まもっている。

家康は、

「殿下にはご健勝のていを拝し、恐悦しごくにぞんじます」

と、頭をたたみにすりつけていった。殿下とは関白の位の秀吉を尊敬して呼ぶことばである。

秀吉は、顔をそらせて、

「おお徳川どのか。遠路のところたいぎであった」

と、気どった声を出した。

「はっ、ありがたきしあわせにぞんじます。家康、いささか殿下に献上いたしたき品のござりますれば、ご受納くださりまするよう」

と、ふところから目録の紙を出した。

秀吉の家来が、うけとってひらき、

「徳川どののご献上。おん太刀一ふり。おん馬十ぴき。黄金百枚」

とよみあげた。

秀吉が、

「お心ざし、秀吉、過分に思うぞ」

と、また、いばった。

「ははっ」

と、家康も、もう一度、最敬礼して頭をたたみにすりつけた。

ならんでいる大名たちがおどろいた。

「徳川どのは秀吉の母を人質にとったほどの威勢なのに、秀吉にあんなにていねいにおじぎをするとは、秀吉がこわいのであろう、秀吉は、そんなにえらいのか。そんなに、えらいとは思わなかったのに、これは、秀吉に対して心をかえねばならぬ」

大名たちは、家康のようすを見て、心から秀吉を尊敬するようになった。

秀吉は、そういうききめをねらったからこそ、家康にあの手この手で、いっしょうけんめいに大坂に来ることをたのんだのだ。そのためには妹をやり、母を人質に出したのである。しかも、それだけのことをした努力のむくいはじゅうぶんにあったのだ。

秀吉は、そのあとで、家康を下にもおかぬ待遇をしてもてなした。

家康は、秀吉のあついもてなしのうちに浜松に帰った。入れかわりに、秀吉の母を大坂にかえした。

その後の秀吉はなんの心にかかることもなく、京都に目もおどろく聚落第(じゅらくだい)をつくった。北野(きたの)で大茶会をしたり、天皇、公家(くげ)、大名といっしょに歌会をもよおしたりした。

ようやく長い間の戦乱がおさまって、日本じゅうが、おだやかな生活にもどるようすがみえてきたのである。

秀吉という一点に、日本のすべてがしぼられていこうとしている。

これからの家康は、秀吉のいうとおりに力をあわせて、たすけていくのである。

むろん、秀吉は、家康をふつうの大名なみにはあつかわなかった。

「徳川どの、徳川どの」

といって、尊敬をはらった。なにごとについてもえんりょするふうが見える。大名たちは、家康のことを「海道一の弓取り」として敬意をはらった。東海道地方で、いちばんの武将といういみである。けれど、今では、秀吉についで、日本でえらい武将になっていた。

秀吉の勢いに、日本中の大名がなびいたが、たったひとり頭をさげぬものがいた。それは伊豆から関東地方にかけて勢力をふるっている北条氏直であった。その居城は、小田原にあった。

北条家の祖先は北条早雲といった。もとは名もない浪人であったが、頭がよかったので、いつか伊豆地方を手に入れて小田原城のあるじになったのである。その子の氏綱も氏康も、なかなかの名将であったから関東地方まで勢いをのばすようになった。

ことに、氏康のときには、上杉謙信、武田信玄にも負けぬくらいの勢力があり、北条家といえば、みんなおそれていたのである。

氏康は川越のいくさのときなど十倍の敵を破っており、何か所もむこうきずをもった猛将だった。むこうきずのことを「氏康きず」というくらいだ。

それに、小田原城がなかなかの名城であった。かつて上杉謙信でさえもこの城をかこんで成功しなかった。西には箱根の天険が、自然の防壁となっている。

氏直は、あまりえらくなかった。よい家に生まれた坊ちゃんと同じに、自分や自分の家がらを買いかぶっていた。

秀吉がなんども、

「おれのところに、あいさつに来い」

といってやるのだが、

「だれがあんなやつに頭をさげに行くものか」

と、いうことをきかない。

秀吉は今では日本の実力者だ。氏直のような人間がいては、ほかのものにしめしがつかぬというので、とうとう北条征伐となった。

天正十八年（一五九〇年）三月、秀吉は京都を出発した。はでなことのすきな秀吉だから、思いきった大軍をひきつれた。先頭が沼津(ぬまづ)につくのに、後尾は、美濃や尾張にまだいっぱい足ぶみしているという大人数である。

秀吉が駿河の国を東に通りすぎる間、家康はたいへんもてなした。そして家康も秀吉のともをして、小田原城攻撃に加わった。

北条家のほうでは、秀吉の大軍をひきうけて籠城(ろうじょう)することにきめた。小田原城のほかに、山中(やまなか)、韮山(にらやま)の二つの城があって箱根をおさえている。

秀吉は家康と作戦をねった。

秀吉は、

「敵の主力は小田原城にこもって、出て戦うようすがない。だから、ためしに、山中、韮山の二つの城を攻めてみてはどうであろう」

というと、家康は、

「けっこうです。もし敵の主力がたすけに出てきたら、私があたりましょう」

といった。秀吉は、大口あいて笑い、

「徳川どのを先手として、私が総指揮にあたれば、朝鮮、明百万の兵もほろぼせますな。まして、北条なんか問題ではありませんよ」

と、その意気は、もう北条をのんでいた。

箱根の城は、まもなく落ちた。秀吉の軍は、うしおのように小田原にせまり、城をとりかこんだ。

家康の陣は城の東にあった。それを起点として半円形に、織田信雄、蒲生氏郷、羽柴秀勝、同秀次、宇喜多秀家、織田信包、長岡忠興、池田輝政、堀秀政、丹羽長重、海上は、長曾我部元親、九鬼嘉隆、毛利輝元の兵船でかためた。総兵力十四万八千である。秀吉は箱根湯本の早雲寺に本部をおいて指揮をとった。そののち、小田原城を目の下に見おろす石垣山に陣どった。

秀吉は、これほどの大軍でかこんでも、むりには攻めなかった。相手がまいるまで、ゆうゆうと包囲をつづけた。

秀吉は、陣中、人々がたいくつするであろうと思い、茶会をしたり、舞いを舞わせたり、いろいろななぐさみごとをした。

戦いといえば、雨風にうたれて、山や野に寝て苦労してきた人々は、

「これがいくさであろうか。まるで物見遊山のようだ」

と思ったことであった。

奥州(おうしゅう)の大名、伊達政宗(だてまさむね)がかけつけてきて、秀吉にめどおりしたのも、この時であった。

この陣で、秀吉が、わずかなとものの人数でいることがたびたびであった。

井伊直政は、家康の耳にささやいて、

「今、ちょうどよいおりです。秀吉をうちとりましょう」

というと、家康は、

「秀吉は自分をたのみきっているのに、そんなひどいことはできない。天下をとるのは運命であって、人の力のおよぶところではない」

と、首をふった。

この小田原攻城は長い間にわたった。いまだに、長くかかってきまらぬ話あいを「小田原評定」というくらいである。

しかし、こう長びいてくると、攻めるほうよりも、まもるほうが先に戦いにあいてきた。だんだんうらぎりものが味方から出たりして、気持もくさってきた。小田原城はかたくても、人の心からくずれてきたのである。

とうとう、北条氏直は、秀吉のほうへ降参を申し入れた。氏直の父、氏政は切られ、氏直は高野山にはなたれた。

さしも、関東に鳴った北条家も、五代のすえにほろびたのである。

北条家の最後が近づいた時のことである。一日、秀吉と家康は石垣山の上に立った。

秀吉は家康に指さして、

「あれを見なさい。北条家の滅亡もまもなくです。そのあと関東八州は、あなたに、今の領地とひきかえにあげましょう」

といって、

「さあ、あなたも小便をなさいよ」

と、ふたりで城の方に向かって気持よさそうに小便をした。これが関東のつれ小便のはじまりだ——と、「関八州古戦録」にかいてある。

その時、秀吉は、家康に、

「関東に移られたら、居城はこの小田原になさるか」

と聞くと、家康は、

「さしあたりそうするほかはないでしょう」

と答えた。秀吉は、頭をかしげて、

「この小田原からずっと向こうに、江戸というところがあります。地形がよいから、そこになさったら、どうですか」

とすすめたので、

「では、そうしましょう」

と家康はしたがった。

こうして家康は、今までの、駿、遠、三、甲、信の五州から関東地方の、武蔵（東京都）、相模（神奈川県）、伊豆（静岡県）、上総、下総、安房（千葉県）、上野（群馬県）、下野（栃木県）の八州に移ったのである。

江戸と京

秀吉が家康を関東に移したのは、五州から八州を与えて、今までの働きにたいするほうびのいみもあったであろう。それから、今の五州は家康のよい政治に住民がなついていたので、それを秀吉がきらって、まだひらけない土地の関東地方へ家康を追いやったわけでもあろう。

どちらにしても、家康はもんくはいわずに、

「はい、しょうちしました」

といって、すなおに移転をした。

秀吉は、もうむかしの秀吉ではないのだ。今の秀吉は日本の権力者である。たてつくべきときはたてついた家康も、従うべきときは従ったのだ。家康は、いつも冷静にものを判断する男であった。

家康の移ることがきまったのは、七月十三日で、八月のはじめには、もう江戸に

臣下ぜんぶが移り住んだ。一か月にもたらぬ早さである。いつも行動には、すばしこい秀吉も、これにはおどろいたとみえ、

「徳川どののやりかたは、ふつうのものの考えおよばないところだ」

といったという。

江戸は鎌倉時代から、江戸という姓を名のる豪族がいたけれど、ここにはじめに城らしいものをきずいたのは太田道灌である。

そのあとは北条の家来がいたけれど、城というのは名ばかり、やねはすぎの皮でふき、ところどころにはかややいばらのような草でかぶせ、木はぼろぼろ、土間ばかりというあわれなもの。はじめて見たものは、がっかりした。

それに、見わたすかぎり草ばかりの武蔵野の原で、海の近くに漁師や民家がすこしばかりかたまっているというさびしさであった。

それを、のちの江戸城や江戸にしたのは家康の力であった。

家康は天正十八年（一五九〇年）八月一日に江戸についていらい、いちばんに政治に心をつかった。

それには伊奈忠次というものを見こんでただひとりの代官にした。

本多正信は家康のちえぶくろといわれ、相談役であったが、その正信が、家康に、

「いままで五州では代官が多かったのに、それをみなやめさせて、八州ではたったひとりの代官にされたのはどういうわけですか。伊奈忠次がどんなにやりてでも、八州のいそがしいしごとをひとりでさばくことはできますまい」

　というと、家康は、

「まあ、だまって見ておれ。ついては、忠次に誓詞を書かせるが、その前がきは、正信、おまえが書いてくれ」

　といった。

　正信がすずりをひきよせて、

「はい、なんと書きますか」

　と、筆をかまえると、

「第一、まず関八州を自分のようにたいせつにすること」

　と、家康はいった。正信は、そのとおり書いた。

「第二、自分の部下のものを使うのに、ひいきや不公平があってはならぬこと」

「はい、書きました。第三は？」

　と、正信が聞くと、

「いや、それだけでよい」

と、家康はいって、正信に筆をおかせた。

家康の見こんだとおり、伊奈忠次は、りっぱな人物であり、しごともできた人であった。

そのころ、葛西、埼玉の田や野は、利根や秩父の川が、たびたびはんらんして、草ぼうぼうの低い湿地であったのを、忠次がつつみをつくって水を防ぎ、みぞを掘って田畑にそそぎ、荒れ地をひらいて新しい田をつくった。だから草深いところにどしどし新田ができ、百姓をする人がふえた。

家康は、本多正信や青山忠成などに城をなおさせ、土地の高いところをくずしては、海や池をうめたてして、あとからどしどしはいってくる人のために便利よくした。徳川家と縁の深かった三河、駿河、遠江、甲斐、信濃の人々は、しだいに江戸に群れるように集まったのである。

こうして、町ができ、人がふえて、さみしい土地だった江戸は、年々に、にぎやかになるばかりであった。

のち、江戸は将軍家のひざもととしてはんじょうし、明治になって江戸城が皇居となり、今日の東京都となったことはあらためていうまでもなかろう。

小田原の城攻めを最後として、日本じゅうの戦い――応仁の乱（一四六七年）いらい百二十何年間もつづいた戦争はやっとおわったのだった。
「ああ、戦争がすんだ、もう、戦争はないのだ」
「長い夜が明けたようなものだ」
「ありがたい、ありがたい」
まったく、暗い夜は長かった。そして、今ようやく、あかるい朝の光が、日本じゅうにさしはじめた。

戦争がすみ、世の中がおだやかになってくると、人々は、生活をたのしむようになり、文化がさかえた。商業や工業や鉱業もさかんになってものがゆたかに出まわるようになった。

秀吉が茶がすきだったので、茶の湯がはやった。ことに、絵や建築などの美術工芸はすばらしかった。今に、そのころのことを「桃山(ももやま)時代」といって有名である。

こうして、くらしがゆたかになるいっぽう、武士たちの生活もぜいたくになっていった。

それに、秀吉の生活がはでであった。大がかりの茶の湯の会をしたり、目をおどろかすような花見の宴(えん)をしたり、日ごろのくらしも華美であった。

家康の生活は質素であった。家来たちがぜいたくになることをいましめて、いつも倹約をすすめていた。かれは秀吉のぜいたくを腹の中でわらっていたにちがいない。

日本の国内の戦いがやっとすんだと思ったら、こんどは、秀吉がとんでもない戦争をおこした。

文禄元年（一五九二年）に、明と戦うため、朝鮮に兵を出したのである。

大名たちは、

「えらいことになった」

「こまったことをなさるものだ」

と思ったが、秀吉のすることだから、だれひとりとして反対するものがない。

家康も、とめてもきく秀吉ではないから、しぶしぶ九州の名護屋（佐賀県唐津市の西の方）に秀吉といっしょに行った。ここが朝鮮出陣の基地になっていたのである。

朝鮮では、日本の将兵はよく戦った。加藤清正と小西行長とが大将になり、二手にわかれて攻めていった。

が、なにしろ、日本と、気候もちがい、土地の地理もくわしくなく、兵站線ものびきっているので、退却することがたびたびあった。

この戦争は、いったん講和したが、また破れてはじまった。

秀吉が、

「蒲生氏郷を右翼とし、前田利家を左翼とし、わしが総大将となって三十万の兵で朝鮮にわたれば、朝鮮はおろか、明までみなごろしできよう」

といい、

「あとの日本のるすは徳川どのにたのめばよい」

といったのも、この戦いのはじめのころだ。秀吉はじっさいに、家康にたよりきっていた。

ところが秀吉は、子の秀頼が生まれたので、そのまま名護屋に行かずに京都にとどまった。伏見（京都の南）に新しいりっぱな城をつくった。そしてあいかわらず茶の湯をしたり、吉野（奈良県）や、醍醐（京都の近郊）で豪華な花見をしたりしてくらした。

将兵が海外で戦って苦労しているのに、秀吉の、このぜいたくざんまいな生活はどうであろう。

じつは、秀吉も、この朝鮮とのいくさが、失敗であったとさとりはじめたのである。いまさら、こちらから講和を申しこむこともできないので、そのしまつに苦しんでいた。かれが遊んでまわるのは、その苦しみをまぎらわしたい心もあったのだ。

このころ、夜空にほうき星が十五日間もあらわれたり、天から赤い砂や白い毛がふったりして、人々はあやしんでいたが、七月になって、とつぜん、大地が大ゆれにゆれる大地震がおこった。

この地震では、京都の町の家がたおれてたくさんの人が死んだ。

秀吉のいる伏見城もたおれて、秀吉はあぶないところで助かった。

家康はすぐに家来をつれて伏見城にかけつけた。

秀吉は、自分の家来がまだ来ないので、自分のかたなを家康に持たせた。

あとで、秀吉は家康の家来の本多忠勝に、

「あのとき、徳川どのがおれを殺そうと思えばできたのだ。それをしないのは、徳川どのがふところにはいった鳥は殺さない人だからじゃ。もし、おまえに刀をあずけたら、おれにきりつけたかもしれぬな」

といってわらった。

本多忠勝は、前に小牧山のいくさのとき、長久手に急ぐ秀吉の二万の軍にむかって、わずか五、六百騎の兵で鉄砲をうったむちゃな男だから、そんなことはしかねない。

秀吉は家康を心から信用していたのである。

「徳川どのは、りちぎものだ」

と、秀吉はいつも、ほめていた。

その秀吉は、慶長三年（一五九八年）の夏に病いにかかった。

かれは秀頼がかわいくてしかたがない。もう子はできぬものと思っていたのに、五十八歳になって秀頼が生まれたのである。そのため、養子の秀次は高野山で自殺させられたくらいだ。

秀吉は、自分のあと、天下を秀頼にやりたくてならなかった。ところが秀頼は、わずか六歳である。だれかにあとのことをたのまなくてはならなかった。

秀吉が死ぬまぎわまで、

「秀頼のことをたのむ」

といいつづけたのは、おもに家康と、前田利家に向かってであった。利家は秀吉とわかいときからの友だちで、しょうじきな気心がわかっていた。このふたりは、諸大名の上にあった。

その前に秀吉は五大老、五奉行というものをつくり、政治の相談にしていた。

五大老は、家康、利家、宇喜多秀家、毛利輝元、上杉景勝、その下に五奉行があって、前田玄以、長束正家、浅野長政、石田三成、増田長盛であった。しかし、これらの人々はあまり心があっていなかった。

秀吉は、この五大老や五奉行に、秀頼のことをたのみ、

「秀頼さまに忠義をつくします」

という誓紙をなんども書かせた。

そして、桃山文化の粋をつくした伏見城内の一室で死ぬるときも、やせおとろえた手で家康と利家の手をにぎり、

「内府（家康）、大納言（利家）、秀頼のことをたのみます」

といい、もう息をひきとる最後まで、利家の手をおしいただいて、

「たのむぞ、大納言、大納言」

といいつづけた。

豊臣秀吉の死は、八月十八日、六十三歳であった。

豊臣秀吉は、すぐれた人物にちがいなかったが、あまり自分だけにたよりすぎ、きちんとした制度をつくっていなかった。秀吉の政府は、いわば秀吉個人の政府で、組織ができていなかったから、秀吉が死ぬとたちまちくずれるわけだった。

家康は、この弱点がよくわかったから、のちに幕府をたてるときは、おどろくほどしっかりした制度をつくったのである。

なんでも、人のすることをじっとみて、よいところはとり入れ、わるいところは

あらためて、いつも研究しているのが家康だった。

秀吉の弱点をみて、家康が採用したのは源頼朝(よりとも)のやりかたである。そんなことで、秀吉という大きな人物が死ぬと、豊臣家はぬけがらと同じで、わずか六歳の秀頼はかざりものであった。

天下の勢力は、しぜんに実力のある家康にあつまった。

「いよいよおれが天下をとるときがきた」

と家康も感じて、大きな息をした。

このとき、家康、五十七歳。

長い間、待たされたといえよう。ふつうなら、信長の死んだあと、天下をにぎるのは家康の順だったのに、秀吉というものがあらわれたばかりに、十六年間、指をくわえていたのである。

信長、秀吉、家康をくらべて、よくいわれることだが、天下をにぎったことを、

「信長が、もちをつき、秀吉がまるめ、家康がたべたのだ」

と、たとえられるが、結果的には、そうであろう。

また、それぞれの性質を、

「なかぬなら、ころしてやろう、ほととぎす（信長）」

「なかぬなら、なかしてみしょう、ほととぎす（秀吉）」

「なかぬなら、なくまで待とう、ほととぎす（家康）」

と、たとえていわれるように、家康は、けっしてむりをしない、しんぼうづよい男であった。

秀吉の死後、家康が秀吉のたのみもきかないで秀頼に天下をやらなかったと悪口をいわれるが、秀頼はおさなく、それをもりたてる優秀な組織も人物もないのだから、家康でなくても、早かれおそかれだれかに天下をとられるのはわかりきっている。ただ、家康という、だれの目にも実力の第一人者がいたから、家康に実権がいったのである。

時代の流れや政治のうつりかわりは、個々の人情などでは、どうにもならないのである。

家康のほうに心をかたむけてついていく大名が日に日に多くなっていく。それだけ、家康の勢力が大きくなっていくのだ。

これをにくんだのが、石田三成という大名であった。五奉行のひとりである。

三成はもと、近江（滋賀県）のある寺の小坊主であった。

伝説によると、まだ近江の長浜の城主であったころ、あるとき、秀吉がたか野に

出て、たいそうのどがかわいた。見ると一軒の寺があるので、たちよって、

「のどがかわいた。茶をくれ」

　とたのんだ。

　するとかわいい小坊主が出て、茶わんに茶をいっぱいみたしてきた。それは、ぬるかったから、一息にぐっとのみほした。

「もう一ぱいくれ」

　と、秀吉は茶わんを出した。小坊主は、こんどは七分くらいに、すこしあつい茶をくんできた。前にぬるい茶を一ぱいのんでいる秀吉は、やっと茶の味がわかって、おいしかった。

「おかわりをくれ」

　と、秀吉はいった。すると小坊主は、こんどは前よりあつい茶を、茶わんの三分の一くらいに入れてきた。茶の味がしたの上にとろけて、秀吉の心はおちついた。

　秀吉は、この気のきいた小坊主を自分の家来にした。かれは目から鼻にぬけるほどかしこくて、とうとう石田三成といわれるほど出世をした。

　この話は、じっさいかどうかわからないが、とにかく、三成のりこうな性質をよくあらわしている。

秀吉が生きている時は、三成は秀吉の気にいりで、いろいろ政治のことにも相談にあずかったから、しぜん勢いがよかった。

しかし、加藤清正、福島正則（ふくしままさのり）、黒田長政（くろだながまさ）などという武力で出世した大名は、三成がなんの武功もないのに出世するのが気にいらぬばかりか、秀吉のひいきをよいことにして政治のことまでとりさばくので、にくんでいた。

三成と、これらの人々との間には、深いみぞができていた。

三成は、秀吉の死んだあと、家康の勢いがさかんになっていくのをみて、

「家康は、天下を横どりしようとしている。けしからぬ。家康をたおさねばならぬ」

と思った。そして、このことをほかの武将に、こっそり相談したから、宇喜多秀家、上杉景勝、毛利輝元、島津義久、大谷吉継（おおたによしつぐ）などという大名はさんせいしてくれたが、秀吉にいちばん恩をうけた加藤清正、福島正則、細川忠興（ほそかわただおき）、加藤嘉明（よしあき）、浅野幸長（よしなが）、黒田長政などという大名は、石田三成がにくいばかりに家康のほうについた。

前田利家が病気で死んだ。

石田三成は、利家をたよりにしていたので、がっかりした。

それまで利家のやしきで、病気の看病をしていた三成は、そのやしきを出ようと

すると、清正や正則や長政などの七人の武将（七将という）が待ちかまえていて、自分を殺そうとしていることを知った。

それで三成の親友の佐竹義宣が、三成を女乗物の輿に入れて、前田のやしきを出た。その輿は家康のいる伏見の城にはいった。家康は秀頼の後見ということで、伏見城にいたのである。

家康は、三成が自分の敵になる男とは知っていたが、助けを求めて、ふところにとびこんできた小鳥のようなかれを、殺すにはしのびなかった。

その夜、家康が寝ないで、考えていると、本多正信がやってきた。

「石田の身は、どうしますか」

と、正信が聞いた。

「いま、それを考えているのだが、石田を七将にわたさずに、ぶじに佐和山（三成の居城）にかえしてやろうと思う」

と、家康は答えた。

「それがよいです。私はそれをおすすめに来たのです。石田をここで七将の手にわたして殺させては、あとがかえってよくありません」

と、正信はもどって行った。

本多正信は家康の秘書であり、参謀長であった。

石田三成は、家康の家来にまもられて、佐和山（滋賀県彦根市佐和山町）の城に帰った。

家康は、伏見から大坂城にはいった。秀頼に重陽（九月九日の節句）の祝いに行くといったまま、大坂城に滞在した。

諸大名は、いよいよ、家康の下につき、正月の年始のあいさつには、家康と秀頼が同じところにならぶというありさまであった。

家康の眼中には、もう秀頼など、問題でなかった。

そのいっぽうには、家康に反対する大名もいた。会津の上杉景勝である。景勝は会津に帰ったまま、家康の招きをことわって、国から出て来なかった。

「景勝、二心あり」

と、家康は、上杉征伐を決心した。

（上杉景勝が、こんな強い態度に出るのは、かならず、裏に石田三成とやくそくがあるにちがいない）

と、家康は思った。

しかし、家康は、佐和山にいる石田三成には知らぬ顔をして大坂を出発した。会津に行く途中で、うしろから三成が兵をあげるのはわかりきっていた。家康は、むしろ、そういうおりをのぞんでいたのである。

家康は大坂を出て、伏見城に第一夜をすごした。

この城のるすのかためとして鳥居元忠をおいた。元忠は家康より三つ年上で、今川家に人質として家康が行ったとき、その遊び友だちとしていっしょにいたおさななじみであった。

ふたりは夜おそくまでむかしの思い出話などに時をすごした。ふたりの胸には同じ思いがあった。

それは、家康が上杉征伐に向かったるすに、石田三成が兵をあげたら、一ばんにこの伏見城に攻めてくることはわかっている。そうなれば、討死になるであろう。してみれば、今夜がふたりのこの世の別れかもしれないのだった。

ふたりともその思いは口に出さず、人質としていたころのつらい思い出話ばかりした。

「こんなことを話してはきりがありません。もう、あす、ご出発でもあり、夜も短うございますから、おやすみください。こちらにかわったことがおこらねば、またお目にかかる日もありましょう」

と、座を立とうとした。すると長くすわっていたので、すぐに立てなかった。

「元忠、おまえも年をとったのう。いくつになった」

「はい、六十二になりました。殿もお年をめされましたな」

「うむ、おたがいにの。安倍川で遊びまわったのが、きのうのことのようじゃな」

「まったくでございます」

「だれか、元忠の手をひいてやれ」

小姓が元忠の手をとってさがらせた。家康はそのうしろすがたを見て、しきりとそでで、なみだをふいていた。

（これが、この世の別れかもしれぬ）

と思ったことは、そのままあたって、のちに元忠は石田三成の兵をむかえて、死ぬことになる。

家康は六月十八日に伏見を出立、二十日に四日市（三重県）、二十一日に吉田（今の愛知県豊橋市）、二十三日浜松、二十五日駿府、二十七日小田原、二十八日藤沢、二十九日には鎌倉について三日間、見物してまわり、七月一日には金沢（神奈川県横浜市の南）に遊び、そのあくる日、やっと江戸についた。

戦争にいくのに、どうして、こんなに見物に遊んだりしてひまをかけるかという

と、家康の心には、

（いまに、石田が旗あげしたという知らせがくるにちがいない）

と、それを待っていたのである。

家康には、石田三成の心がかがみにかけたようにわかっていた。

そのころ、石田三成は、どうしていたか。

三成は家康が上杉征伐に行くのを待っていた。そして、そのうしろから兵をあげて徳川軍をうとうと考えていた。

大谷吉継は越前五万石の大名で、かねて三成としたしく、智謀もあったので、三成は吉継を味方にひき入れたいと思った。

なにも知らぬ吉継は、家康の東征に従うため越前から出てきたところを、三成がむりに自分のいる佐和山につれてきた。

三成は、吉継に、

「家康がかってなまねをして天下を秀頼さまからとろうとしている。われわれは秀吉さまからたのまれてもおり、恩がありますから家康をうちたいと思います。それには今、家康は上杉征伐に会津に向かっているから、そのるすに、大坂で旗をあげようと思います。どうか味方になってください」

といった。

吉継は、はじめおどろいて、それはやめたがよい、と忠告したが、三成がこれほどのだいじを自分をみこんでまっさきにうちあけた心に感じて、それをしょうちした。

吉継は癩病（らいびょう）で、めくらであったが、男子意気に感ず、といった熱血漢であった。

三成は、吉継が味方についてくれたので、たいへん喜び、それから、毛利輝元、島津義久、長曾我部元親、宇喜多秀家、小西行長、小早川秀秋（ひであき）などの大きな諸大名を味方につけることに成功した。総兵力、およそ十万人である。

石田の大坂がたはいよいよ家康の罪をならして兵をあげた。

そのとき、問題になったのは、大坂に残っている、家康の上杉征伐におともをして行った大名たちの家族のことだった。

(これらを人質として大坂城に入れておけばよい。そうすれば、かわいい妻や子のことが気がかりで、大名たちも家康につくことはやめるだろう)

と、三成は考えた。これは、たしかによい思いつきだった。

ところが、思いがけないことから、この計画を中止せねばならなくなった。

有名な、細川忠興夫人の死である。

忠興の夫人は明智光秀のむすめで、深くキリスト教を信仰し、洗礼をうけてガラシャといっていた。

石田がたは、細川家に来て、

「だれか人質を出してほしい」

といったが、三人の男の子は、みなるすなので、細川家では、

「だれもいません」

とこたえた。すると、

「夫人を人質に出されたい」

といったので、これもことわると、こんどは、おおぜいでつかまえにきた。そこで夫人は、家来たちが表で防いでいる間に、奥にはいって自分で家来のやいばにかかった。かの女は、三十八歳の美しい婦人であった。

大坂がたでは、忠興夫人の死にびっくりして、かえって悪い結果となるのをおそれて、ほかの人質をむりに取ろうとしなかった。それをさいわいに、人質とされそうなほかの大名の家族は、ほとんど大坂からにげてしまった。

伏見城の攻撃は、十九日から宇喜多、小早川、島津の兵ではじまった。まもるのは家康のおさない時からそばについていた老臣鳥居元忠、すでに今日あることを覚悟して、家康となみだで別れたことは前に書いた。

攻撃軍は、二十三、四日と銃撃したが、もとより必死の籠城軍はいっこうにくっしない。攻めるほうは新手を加え、四万人の兵数でとりかこみ、夜も昼も攻めたが落ちない。二十六、二十七、二十八日とむなしくすぎた。二十九日には石田三成がみずから佐和山より来て攻囲軍を激励している。三十日、鉄砲で四度にわたって大攻撃した。城兵は、三百五十人、走りまわって応戦する。しかし、四万人と四百人たらずだからけたちがいの数だ。戦死者はふえるばかり。それでも、五回も城から出て攻囲軍と戦ったというから、さすが三河武士である。やがて城も敵の手にかかって火がつき、敵兵はどっとおしよせて来た。

元忠が本丸にはいったときは、たった十余人のこっていた。かれは、つかれて石段に休んでいると、雑賀なにがしというものが来て、

「敵将なるか」

と、やりをつけようとした。元忠は、

「いかにも鳥居元忠である。わがこうべをとっててがらにせい」

といいながら、はだをひろげたから、雑賀はやりでつくのをやめて、元忠の自殺するのを待った。

伏見城がえんえんと燃えあがる中で、老将、鳥居元忠は死んだ。壮烈な戦死である。

雨と霧と旗

石田三成が大坂で兵をあげた、というしらせが家康のもとにとどいたのは、七月二十四日で、野州小山（栃木県）の陣にいる時だった。

「とうとう、やったか」

と、家康は思わず、ひざをうった。

もとより、このしらせがくることは、わかっていたことである。胸の中では、ちゃんと作戦も準備もできあがっていた。

すぐに、宇都宮にいた、長子の秀忠をはじめ、付近にいる家康幕下の諸将がよび集められ、会議がひらかれた。小山評定というのがこれである。

家康の本陣に諸大名は集まった。みなの顔色はひきしまっている。

まず、井伊直政、本多忠勝のふたりから、石田三成が反旗をひるがえしたことをいいわたされた。つぎに家康が口をひらき、おだやかないいかたで、

「石田のことはおききのとおりだ。おのおのがたのご家族は大坂におられるから、さだめしご心配であろう。すぐにここから大坂に行って石田がたに味方されても、けっしてうらみには思わないから、どうか自由にしてください」

といった。

一座に集まった諸将は、あまりの変事にびっくりして、一言もいうものがない。

すると、福島正則がすすみ出て、

「私は、このような場合、妻子にひかれて武士の道にちがうようなことはしません。内府(家康)のために、生命を投げだしてでもお味方いたします」

といったから、黒田長政、浅野幸長、細川忠興、池田輝政なども、

「私も」

「私も」

と、賛成したから、ここに会議は一致して大坂戦に上ることにきまった。

福島はじめ黒田、浅野、細川、池田などみな秀吉のためにとりたてられた大名で、豊臣がたにいわば大恩ある武将であったが、日ごろ石田三成と仲がわるかったので、石田にくし、とばかりに家康についたのである、といわれている。

それもあろう。

が、当時、家康の勢いがさかんなので、末をみこして、

(徳川についたほうがとくだ)

とも思ったにちがいない。しゃれではない。

福島正則などは、先鋒をこうて、いさんで先に出発している。

家康は、対上杉戦には、秀康を大将として残し、

「かならずこちらから攻めるのではないぞ。敵が鬼怒川をわたったら後路をたて」

といい残して、いそいそと西に向かって軍をかえした。

が、六日に江戸についた家康は、すぐに大坂に向かって出発しなかった。先鋒軍のようすを待っていたのである。

その先鋒軍は、正則の居城清洲で会議をして、西軍に味方した織田秀信がまもっている、岐阜城を攻めることにした。

西軍とは、石田三成らの大坂がたのことで、家康のほうは東軍と呼ぶ。

岐阜城は長良川に面した山城で、いっぽうはけわしいがけで、いっぽうは谷になっている。斎藤道三がきずいた名城だ。

この城を攻めるため、木曾川をわたるに、上下の二流がある。先鋒福島正則と池田輝政とが先陣争いしたが、けっきょく、池田が上流、福島が下流をわたるときま

った。そのとき、福島は、

「上流のほうのおまえから先に戦いをはじめたら、ずるいぞ。それのほうが下流をわたったら、のろしであいずするから、そのときに戦いをはじめてくれ」

と、池田にやくそくさせた。池田は、「ああ、いいよ」といったが、功名心にはやっているかれが、すなおに、それをまもるわけがない。

二十二日の夜明け、木曾川上流では、織田秀信の西軍と池田輝政の東軍とが対戦した。西軍から先に鉄砲をはなした。

輝政は、

「下流の福島隊から、まだのろしはあがらないが、敵から戦いをひらいたいじょう、応戦せよ」

といって池田勢は上流をわたった。これを見て、浅野幸長の兵、山内一豊（やまのうちかずとよ）の兵、みな川をわたって西軍を攻めた。

織田の西軍は、退却して、城にはいった。

そんなことは知らない正則は、二十一日の夜、下流を船でわたって、所在の敵と戦いながら、二十二日の夕がた、太郎づつみにすすんで、あしたは岐阜にはいろうと、その近所の民家に火をはなって、上流軍にあいずした。

　ところが、輝政の使いが来て、

「上流軍はもう川をわたって岐阜に近づきました」

　と知らせてきたから、正則が腹をたてた。

「あれほど、かたいやくそくをやぶって、輝政がむだんで先に川をわたるとはなにごとか。輝政の首をひきぬいてくれん」

　とどなった。細川忠興、加藤嘉明の下流軍の諸将は、

「上流軍が、それなら、こっちは今から徹夜で行軍して岐阜に行こうではないか。それならかれらに追いつける」

　といったので、福島、加藤、細川は夜の八時ごろから出発して、岐阜につき、夜明けを待った。

　夜が明けて、正則が見ると、目の前に池田勢の旗が朝風になびいている。正則は、

「このおうちゃくものめ」と、さっそく輝政のもとへ使いをやって、

「なぜやくそくをやぶって、われらのあいずも待たずに川をわたったか。このうえは、ふたりで勝負しよう」

　と、はたしあいを申しこんだ。輝政の返事は、

「べつに約束をやぶるつもりはなかったのだが、敵から戦いをいどまれたからわた

ったのだ。では、きょうは、おまえのほうが敵の正面にまわれ、おれは側面に行くから」

といってよこしたので、正則は、やっとおさまった。敵の正面を攻めることは、武門の名誉とされていた。

岐阜城の攻撃では、東軍の各部隊が、池田、福島、山内、加藤、細川、浅野、それに井伊直政、本多忠勝という猛将のベスト・メンバーだから、さしもの名城も落城してしまった。

織田秀信は、城を出てこうふくした。

下流軍の黒田長政、藤堂高虎、田中吉政などは、大垣から救援に来る西軍と合渡村付近で戦って、しりぞけた。

この勝ったしらせはすぐに江戸の家康のところへ知らされた。

家康は、

「さいさきのよいことだ。地形もこちらがよくなった。どれ、行こうか」

と、秀忠をよび、

「おれは東海道を行く、おまえは中山道を行け。大垣でいっしょになり、西軍にあたろう」といった。

慶長五年（一六〇〇年）九月一日、家康は三万三千の兵をつれて、江戸を出発した。

岐阜城を攻め落した東軍は、大垣の城近い赤坂（あかさか）に陣をしいた。

大垣城には石田三成がいた。三成は東軍が赤坂まで来て、大垣城を攻めないのをへんに思った。まさかかれらが家康の来るのを待っているのだとは気がつかなかった。家康は会津で上杉と戦っているとばかり思いこんでいたのだ。

それで九月十四日、家康の金扇の旗印を敵陣に見たときは、西軍はびっくりした。

「家康が来た」

とわかると、にわかにおそれだした西軍の大名もいた。

西軍は、東軍からくらべると、団結もかたくなく、戦う勇気にもかけていた。

「秀頼さまのために家康と戦うのだ」

と、石田三成はいうが、じつは西軍は三成が総指揮官なのだ。

三成は頭もよく、人物もりっぱであったが、今まで戦場の手柄がなかった。武将に武功の経歴のないことはいちばんの弱点だった。それに佐和山で二十万石の大名だから、毛利や島津からみると、ずっと身分が低かった。それで、西軍の大将たちは、三成をばかにして、その命令をほんきできかなかった。

これを東軍の大名たちが、家康の命令なら、火の中でもとびこみそうなくらい、おそれているのとくらべると、戦いの勝負は、はじめからわかっているようなものである。

それに、小早川秀秋や吉川広家のような、西軍にいて、東軍に心をよせている大名がいるのだから、石田三成もたまったものではない。

ここで西軍の顔ぶれを見よう。

毛利秀元、島津義弘、大谷吉継、小西行長、安国寺恵瓊、宇喜多秀家、それに戸田、平塚、木下、蒲生、織田、脇坂、朽木、小川、赤座という大名たち。総勢八万人。

東軍の顔ぶれ。

池田輝政、浅野幸長、山内一豊、黒田長政、細川忠興、加藤嘉明、福島正則、藤堂高虎、田中吉政、それに井伊、本多、寺沢、京極、金森、生駒、筒井という大名連。総兵力七万五千人。東軍では、待っていた家康が到着して士気がふるった。

「すぐに大垣城をせめよう」

というものがあったが、家康は、首をふって、

「大垣城は、そのままにしておけ。直接に京都へ出て大坂城をおとしいれよう」

といった。そして、ことばをつづけて、

「もし、西軍が大垣城から出てきて行くてをさえぎったら、戦うことにしよう」

といったから、東軍の方針はきまった。その夜、さかんにかがり火をたいて野営した。

石田三成は、東軍がまっすぐ大坂にすすむらしいようすを知ったので、

「今夜のうちに、行くてに陣地をかまえてたちふさぐことにしよう」

と、午後七時ごろから大垣を出て、関ヶ原に向かった。石田隊、島津隊、小西隊、宇喜多隊の順で行軍したが、敵にさとられぬよう、馬のしたをしばり、たいまつもつけずに、まっ暗いやみ夜をすすんだ。

おりから雨がしとしととふりだした。どこを見ても墨のようにまっ暗い。ただ、長曾我部盛親の陣所の山のかがり火だけが、ほたる火のようにぽつんと見える。それを目標にして村や部落の道を歩いているうちに、雨の勢いがはげしくなって、四里の道を全身ずぶぬれとなって行軍した。秋の雨だからはだにとおって、ふるえるように寒い。

この西軍の行動は、その夜のうちに東軍の本陣にいる家康のところへ知らされた。

家康は寝ていたが、起きあがって、にこにこわらって大喜び、

「三成め。とうとう出てきおったか。ねがってもないことだ。湯づけをもってまいれ」

と、ゆうゆうと夜食し、おわってよろいをきる間にも、小姓たちを相手に、

「長久手の戦いの時はな、池田勝入と森の隊が――」

などと、上きげんでじまん話を聞かせていた。よろいも胴ばかりを小そでの上につけただけで、黒広そでのはおりに、ずきんという身がるないでたち。

「さあ。行くぞ」

と、たか野にでも行くように陣所を出た。家康の意気は、もう、西軍をのんでいる。たえず松尾山の小早川秀秋のうらぎりを気にしたり、各隊の出動をたのんでまわって、すこし神経衰弱ぎみの三成とはだんちがいである。

東軍も西軍も、午前五時ごろには関ヶ原をまん中に陣をしいていて、夜明けを待った。

いよいよ運命の慶長五年九月十五日の朝が明けた。

昨夜らいの雨で、山間のことだから霧が深い。乳色のこい霧はいちめんにはいおりて、五間先が見えぬ。家康のいるところと、三成のいるところとは一里くらいは

なれていたが、その間の霧の中では、鉄砲の音が聞えるばかりだ。

午前七時をすぎて、霧もようやくはれかかったが、両軍はじっとして動かない。

するといちばん前線にある福島の陣のうしろから前にかけぬけようとする三十人ばかりの武者がある。

福島のものが、さえぎって、

「ぬけがけは軍令違反だ。だれか。とまれ、とまれ」

というと、

「松平忠吉（家康の子）と井伊直政だ。物見（敵のようすをさぐること）にでかける」

といって通りぬけ、そのままかけて宇喜多隊にかかった。

忠吉と直政は、軍目付といって、監督なのだ。その監督みずからが軍令にそむいてぬけがけしたので、福島隊がおどろいた。

「それっ、おくれるな」

と、福島正則がまっかな顔をしてさしずすると、どっとすすんで宇喜多隊に鉄砲をあびせた。これが午前八時ごろで、戦闘のかわきりとなった。福島隊の銃声を聞いて、藤堂、京極の二隊は朝霧の中をすすんで大谷吉継の隊を攻め、田中、細川、黒田などの隊は、石田三成の陣地をめがけて攻めすすんだ。

西軍はよく戦った。朝の八時ごろからはじまった戦争は昼になっても勝負がみえない。西軍でいちばん戦っているのは、石田隊、大谷隊、島津隊、宇喜多隊などで、毛利隊など一万五千人の兵力をもちながら、戦おうとしないで、見ている。そのほかの大名もすすもうとしないでいる。石田三成が自分から馬でその陣所にいき、

「どうか、早く戦ってください」

とたのんでも、

「きょうの戦いは自分の思うとおりにしますから、さしずをしないでほしい」

といって動かない。三成はすごすごと帰っていった。

こんな、まとまりのない西軍が、東軍と昼すぎになっても、どっちが勝つかわからないくらいの勝負をしたのだから、よく戦っている。

小早川秀秋は、東軍と西軍の、ほぼ中ほどにある松尾山に陣どっていた。秀秋は西軍の大坂がたに加わっているが、じつは早くから、家康のほうに、心をよせて、

「あなたにお味方いたします」

と、こっそり約束していた。

戦争がはげしくなって両方で勝つか負けるかと手に汗をにぎっているとき、いち

ばん気になるのは、松尾山の秀秋のようすだ。

秀秋は、山の上から、鉄砲や、やりや、刀やさけび声で、たたかいのさいちゅうの戦場を、じっと見おろして動かない。

石田三成は、なんども使いを秀秋のところにやって、

「早く山を下って家康の陣を攻めてください」とさいそくするが、秀秋はいっこうにいうことをきこうとしない。

いっぽう、家康のほうでも、秀秋はこっそり味方するとやくそくしているが、すこしも動くようすがないので、家康は松尾山の方をながめながら、

「さては、いっぱいくわされたか」

と、くやしそうに手のつめをかんでいた。

それから馬の上で、ひとりごとのように、

「せがれがいたら、こんな苦労はしないのに」

とつぶやいたので、家来のものが聞いて、まだ中山道から到着せぬ秀忠のことかと思い、

「ほどなく、おつきになるころです」

と、なぐさめるようにいった。家康は、それを聞くと、

「ばか。そのせがれのことではない」

と、はきだすようにいった。

家康の心の中では、二十何年前に、信長の命令で殺したわが子信康のことが思われてならなかったのである。信康が生きていれば、四十をこした働きざかりだから、年よりになった家康が戦場に出てくることはなかったのだ。信康のことはいつまでもわすれられなかった。


家康は、じりじりしてきた。小早川秀秋のところへ行って、

「おい、どっちにつくのか、はっきりしろよ」

といって、かれの頭をたたいてやりたいくらいだ。

同じ思いは、石田三成だ。もう、この時には、秀秋のようすがおかしいので、大谷吉継が、小早川がうらぎりした時にそなえて、陣を松尾山にむけてかまえた。しびれをきらした家康は、松尾山に鉄砲をうたせた。秀秋も、これいじょう、態度をあいまいにしておくわけにはいかないから、兵に命令して、西軍の大谷勢に向かって鉄砲をうちかけながら山を下った。

東軍は、それ見て、うわあとときの声をあげる。喚声は関ヶ原の野や山にとどろ

いた。

家康は、馬上からながめ、時はよしと、

「総攻め」

と、命令する。東軍、九万の総攻撃だ。

大谷吉継は、秀秋のうらぎりは、予想していたものの、怒りが全身にこみあげた。かれは病気のうえに、ほとんどめくらだから、家来にかつがせた輿にのって、戦場を走りまわって指揮をとる。

すると、脇坂、朽木、小川、赤座の西軍についていた諸隊が、ぞくぞくうらぎりして寝がえったから、たちまち西軍が乱れてきた。

大谷吉継は、味方の敗軍を聞いて、乱戦の中で腹を切って死んだ。

吉継は、はじめ家康について上杉征伐に行くつもりで国から出てきたところを、むりに石田にたのまれたのである。石田に、やめろととめたが、きかないので、とうとう味方した。味方するといのちを投げ出していっしょうけんめいに戦った。西軍十万人のなかで、しんけんに戦争したのは、石田三成と、この吉継くらいなものだ。吉継は友情に殉じたのである。

秀秋が山を下って、大谷隊に切りこんで、大谷隊がやぶれた。それを見て、西軍はにわかにげんきを失った。小西隊がやぶれる、宇喜多隊がやぶれる、島津隊がやぶれる。とうとう、石田三成の本隊も、黒田、細川、田中の東軍のために攻めたてられてやぶれた。

やぶれた各軍は、みな戦場をすてて、思い思いの方角ににげたのである。こうして午後二時ごろには、まったく東軍の大勝となった。

家康は、本陣を小高いところにすえた。そのとき、ずきんをぬいで、かぶとをつけた。

「勝ってかぶとの緒をしめるとは、このことじゃな」

と、うれしそうにわらった。

黒田長政、福島正則以下の武将が、ぞくぞくお祝いに来た。

今までこやみだった雨は、四時ごろになって、あたりが暗くなるほどの大雨となった。各隊は飯をたくことができない。家康は、使いを各隊に出し、

「こういうときは、腹がすいて、なま米でも食うものだが、それではおなかを悪くする。米をよく水にひたして、八時ごろになって食べよ」

といってまわらせた。戦場の経験の多い家康は、こんなことにも、よく気がついた。

そのとおりに、水に米をつけたのはよかったが、その水が戦死者の血で赤くなっていて、米まで赤い色がついたという。戦いのはげしかったことが思われる。

家康は大津にすすんで、琵琶湖の見える三井寺に本陣をすえた。

秀忠は中山道をすすんで来たが、おくれてつき、合戦にまにあわなかった。家康はおこったが、本多正信のとりなしで面会をゆるした。秀忠がおくれたのは、途中の信濃の上田城にいる真田昌幸、幸村にてむかいされたのだ。

家康は、秀忠に、

「こんどのような大きい戦いは、囲碁と同じで、かんじんの石さえ打っておけば、相手がたにどんなに目をもった石があっても役にたたぬものだ。大きい戦いに勝ちさえすれば、たかが上田の小城くらいはあとで降参するのに」

といいきかせた。

石田三成は、負けてにげたまま、すがたがわからなかったが、伊吹山の山中で、きこりのすがたになって、ほら穴に寝ているところをつかまえられた。

大津の陣につれてこられたとき、あまりのあわれなすがたに、家康が小そでをきせようとすると、手もふれなかった。

首を切られるため、三成が京都の町を牛車にのせられてひきまわされたとき、のどがかわいたから水をくれといった。警固のものが、水はないがかきならある、というと、

「おなかをわるくしているので、かきは毒だからやめよう」

　と、三成はいった。

「もうすぐ首を切られるのに、いまさらからだを用心することもないだろう」

　と、みながわらうと、三成は、

「おまえたちは、そう思うか。大きな志のあるものは、死ぬまぎわまでいのちをおしむものだよ」

　と、やりかえしたのは、有名な話だ。

　とにかく、戦争をしたことのない三成が、わかい身で、三十六か国の諸大名と十万人の兵を動かし、人もおそれる家康を相手にして、歴史上に残る大戦をしたのだから、武将としても、かなりの人物だ。居城の佐和山城が落ちたときも、東軍がしらべてみると、たくわえの金らしいものはすこしもなかった。日ごろから、収入はみんな家来にわけてやっていたのである。

　小早川秀秋のひきょうな態度は、今に、みなから悪くいわれている。

　三成、安国寺恵瓊、小西行長たちは斬罪、宇喜多秀家は遠島となった。

　家康は、大津から大坂城にはいった。

　秀頼と秀頼の母の淀君（よどぎみ）のことは、

「秀頼はおさなく、淀君は女であるから、こんどのいくさには関係ない」

と、家康はいって、ふたりを安心させた。

家康は、もう、天下をにぎったのである。関ヶ原の戦いの前から、それだけの勢いがあったが、戦いのすんだ今では、完全に、天下に号令する身となっていた。

家康は、関ヶ原戦に手柄のあった大名にほうびをやり、手むかいした大名を罰する「論功行賞」をおこなった。

その結果、毛利、島津、上杉などは、うんと領土をへらされ、黒田、福島、池田、藤堂などは、にわかに大きな大名となった。

しかし、家康は、ただこれらの大名を大きくしたのではない。かれらは秀吉にとりたてられた大名で、まだ心の中がわからなかった。うわべでは、徳川の勢いにおそれて、味方しているが、いつ、またそむくかわからないという心配があった。

それで、家康は大名を三つにわけた。

譜代大名と、外様大名と、親藩の大名である。

譜代大名というのは、家康がむかしから使っていた気心の知れた家来が大名になったのをいい、かれらの出身は、たいてい三河のものであった。たとえば、榊原康政、本多正信、井伊直政、鳥居忠政、土井利勝、奥平家昌などである。親藩は徳川家としんせきの大名である。

外様大名は、その他の、信長、秀吉時代からの大名だ。

家康は、関ヶ原でてがらのあった大名には、たくさんに封禄を加増してやったが、同時に国がえといって、領土を移ることを命じた。

そのおもなものは、およそつぎのとおりだ。

福島正則（旧三十万石）五十万石とする＝清洲（愛知県）から安芸、備後（広島県）へ国がえ。

池田輝政（旧十六万石）五十二万石とする＝姫路（兵庫県）国がえなし。

細川忠興（旧二十三万石）三十六万石とする＝丹後宮津（京都府）から豊前小倉（福岡県）へ国がえ。

田中吉政（旧十万石）三十二万石とする＝三河岡崎（愛知県）から筑後柳河（福岡県）へ国がえ。

山内一豊（旧七万石）二十万石とする＝遠州掛川（静岡県）より土佐（高知県）へ国がえ。

浅野幸長（旧二十万石）三十七万石とする＝甲斐（山梨県）より紀州和歌山（和歌山県）へ国がえ。

これでわかるように、二倍、三倍の加封をしながら、みんな、それぞれ江戸から遠いところに移している。万一を考える家康の心配からである。大名たちは、しかし、思わぬ加封に大喜びしながら、新領地へ移り、

「ますます、徳川家に忠義をつくさねばならぬ」

と、ありがたがった。

家康は、外様大名を遠くにやるいっぽう、たいせつな土地は、みな譜代大名でかためた。

それは江戸が中心であった。家康は、皇居のある京都や、それに近い大坂をさけて、江戸を政治の中心地としようとした。

今までの歴史をみると、藤原氏でも平氏でも足利氏でも、みな京都の華美な生活に毒されてたおれている。

ただ、源頼朝だけが鎌倉に幕府をたてて、質実剛健な気風をやしなった。

家康は頼朝を尊敬していた。頼朝の治績を書いた『東鑑』(吾妻鏡)という古い本を死ぬまで愛読し、自分で出版もし、林羅山という学者に『東鑑綱要』という本を書かせたくらいである。

家康は慶長八年(一六〇三年)二月、右大臣となり、征夷大将軍となった。

江戸つくり

話はすこし前にもどる。関ヶ原のいくさのまだはじまらぬ、慶長五年の三月のことであった。

九州の豊後(ぶんご)(大分県)の海岸に一そうの見なれぬ外国船がついた。船に乗っているものは、毛は赤く、目は青く、せたけは見あげるばかり高かったが、十七、八人もいるかれらは、へとへとにつかれていて、やっと歩けるものは六人くらいであった。

なんにしても大事件だというので、まだ大坂にいた家康のところへすぐに知らせてきた。

「それでは、その船は堺にまわし、乗組員は大坂に呼べ」

と家康は命じた。

赤い毛の乗組員の航海長(日本流でいうと按針(あんじん))アダムスと、船長クワケルナックとヤン・ヨーステンが家康の前につれて行かれ、家康の質問に答えた。

かれらがいうところによると、その船はオランダの商船で、リーフデ号といった。オランダの東インド商会が、東洋に向けた商船の一つであったが、南米のマゼラン海峡を通って、太平洋を横断したが、その途中、暴風にあって、やっと豊後についた。オランダを出るときは、百九十人の船員であったが、死んだものが多く、今では十八人の乗組員であるといった。

家康は通訳を通してたずねた。

「どうしてそんな遠い国から日本に来たか」

アダムスは青い目をくるくるまわして、両手をひろげた。

「私たちはどこの国とも仲よしになって、本国の産物を外国に出し、その国のものと交易したいと思ってやってまいりました」

「この国に来ているポルトガル人やスペイン人のキリスト教信者たちは、おまえたちが盗賊だといっている。そして、おまえたちを殺せば、二度とイギリス人やポルトガル人は来なくなるだろうといっているが、そうか」

「とんでもありません。ポルトガルとスペインとはオランダと戦争しているので、そんな悪口をいうのです。私たちは、ただの船乗りです」

「そうか、それなら、帰ってほかの乗組員と会うがよい」

と家康は、アダムスたちをゆるした。かれらは堺の港につながれているリーフデ号に帰ると、船員たちは泣きだした。てっきり、アダムスたちは殺されたものと思いこんでいたのである。

すると、ある日、船にはめずらしいものがあるというので、土地の暴民がおしこんで品ものをとっていった。家康は、それを聞いて、五万両をかれらにやり、見はり役人をつけるようにした。

家康が、そんなに、アダムスたちにしんせつにしたのは、アダムスが見せた航海地図によって、「世界」というものを、まざまざと知ったからだ。

今まで、「日本六十余州」といって、ひろいひろいとばかり思っていた日本が、この地図では、ほんのまめつぶほどであり、それより何十倍も、何百倍も大きな国が、「世界」にたくさんあるということに、おどろいた。

(もっと、世界のいろいろなことを知りたい)

(そして、なにか役だつことがあれば、教えてもらいたい)

家康の心の中には、そういう知識欲がさかんにおこった。

「アダムスたちを江戸に行かせるように」

と、家康が命令したのは、そのためだった。

アダムスは、船を修理して、東インドに行きたいと家康にたのんだが、家康はゆるさなかった。そこで、船員たちには金をやって解散し、アダムスとヤン・ヨーステンだけが家康からよい待遇をうけて江戸にとどまることになった。

アダムスは航海長（按針）であるから、その役名をとって按針と名をつけられた。そのやしきは今の日本橋の魚河岸で、「按針町」の名がのこっている。

ヤン・ヨーステンは、ことばのひびきから、八代洲と漢字の名をあてはめた。その邸地は今の和田倉門から東京駅付近で、今でも東京駅の東口を「八重洲口」といっている。

ついでだから、按針のことをつづけて書く。

按針は、家康に、天文や数学や幾何などを教えた。世界の地理も、海外の事情も、教えた。家康は、子どもがめずらしいことを聞くように、ねっしんに聞いた。按針は通商貿易の利益もつたえた。

家康は、按針がいつか自分の身のうえを話して、

「私はイギリスのケント州のギリンガムというところで生まれ、十二歳のときに、ロンドンに近いライムハウスの造船所にはいりました。そこで十二年はたらきまし

た」

といったことを思い出した。

「按針よ。船をつくってくれないか」

と、家康はいった。按針は、一度はことわったが、家康があまりたのむので、とうとうひきうけた。

この船は八十トンばかりで、形式はまったく、ヨーロッパふうにした。この船をつくるについて、大きなドックがないのでこまった。

そこで按針はさんざん考えたすえ、伊豆の伊東海岸の小さい川口に行き、砂の上にたくさんのまくら木をならべた。その上に船体を組みたてたが、できるにしたがってまくら木の下をふかく掘り、できあがったときは、川の口をダムのようにせきとめて水をためたから、船はだんだん浮きあがった。そこで、せきとめた川の口を切ったから、船は水の流れる勢いに乗って、安全に海の上に浮かぶことができた。按針は、うまい進水の方法を考えたものである。

この船は江戸に回航して、浅草川につないだ。家康は、わざわざ船のかんぱんにあがって、喜び、たいそう按針をほめた。

家康は、按針をたいへんあつく待遇した。按針が本国イギリスの知人に出した手

紙の中にも、

「自分は英国の大名と同じような位をもらい、八、九十人の召使いをつけられている。こんな高い地位を外国人がもらったのは、自分がはじめてである」

と書いている。

按針は家康に、世界のまどをひらいて見せた最初の外国人でもあった。

相模国（神奈川県）三浦郡逸見村に二百五十石の知行所があったから、姓を三浦とつけ、三浦按針と名のった。

家康は、オランダばかりでなく、スペイン、ポルトガルとも交易をのぞんでいた。

そのころ、ルソン（今のフィリピン）は、スペインの領土で、総督をおいていた。あるとき、その総督が本国に帰るとき、暴風にあって船が千葉県の沖で遭難したことがあった。

家康は、総督を江戸につれて来させ、いろいろしんせつにもてなし、三浦按針のつくった百二十トンの船に乗せてスペインに帰国させた。そのとき、鉱山技師を貸してほしいことと、日本はスペインと貿易したいという手紙を国王にことづけた。

スペイン国王は、総督がたすけてもらったお礼に使節を送ってきた。が、お礼というのは、つけたりで、じつは日本の近海に金銀の出る島があると聞いて、その探検に来たのである。

使節は、

「これはお礼のしるしです」

といって、置時計とか、ぶどう酒とか、かっぽとか、猩々緋(しょうじょうひ)とか、スペイン国王の肖像画とかをさし出した。その置時計は、今でも、家康をまつる久能山(くのうざん)(静岡県)にある。

家康が、スペインに鉱山技師を望んだのは、金や銀を出す鉱山の開発がさかんだったからだ。有名な佐渡(さど)(新潟県)の金山や石見(いわみ)(島根県)の銀山、相模や東北の鉱山は、家康のころに開発されたものが多い。

しかし、スペインはひとりも鉱山技師を送ってこずに、家康を失望させた。スペインの使節も、日本の沿岸などを測量したが、金銀の島を発見しないで、かれらも失望して帰国した。

オランダとは、その後、三百年間交易している。肥前(ひぜん)(長崎県)の平戸(ひらど)にはオランダの商館があり、京都、大坂、堺にも出張員がいた。

英国は、オランダが日本と交易をはじめたあとに来て、これも家康からゆるしをもらって平戸に商館をおいた。按針は、自分の国のことだから、家康との間にたって、べんりをはかった。按針は、館長リチャード・コックスのたのみで、平戸商館につとめていたが、この地で、元和(げんな)六年(一六二〇年)五十七歳で死んでいる。そのほか、家康は、秀吉のときに戦った朝鮮とも仲なおりしたり、明(中国)とまじわりたいと望んだ。

こうして、すすんで外国と交易しようとしたが、ヨーロッパ人が布教するキリスト教におそれて、平戸と長崎だけを開港場として、鎖国し、三百年におよんだことはだれもが知っているとおりである。

さて、家康は関ヶ原のいくさに勝ち、将軍職となったから、本気に江戸城と江戸をしあげることにとりかかった。

それまで、家康は、小田原城が落ちてすぐ江戸城にはいったものの、わずかなていどに修繕しただけで、そのまま、たいているすにしていた。秀吉の生きていたときは、京都や伏見や名護屋で秀吉のそばにいなければならなかったし、その後も、伏見、大坂にいたり、関ヶ原のいくさがあったりして、江戸城におちつくひまがなかった。

こんどこそは、本式に江戸城をつくりたいと思った。

その工事は、家康が将軍になった三年後からはじまった。

城をきずく石材は、伊豆を主としたが、そのほか、和歌山の浅野幸長、姫路の池田輝政、広島の福島正則、熊本の加藤清正、山口の毛利輝元、松山の加藤嘉明、徳島の蜂須賀至鎮、小倉の細川忠興、福岡の黒田長政、佐賀の鍋島直茂、高松の生駒一正、高知の山内一豊、須本の脇坂安治、唐津（佐賀県）の寺沢広高、平戸の松浦鎮信、原（長崎県）の有馬晴信、佐伯（大分県）の毛利高政、府内（大分県）の竹中重利、臼杵（大分県）の稲葉典通、柳河（福岡県）の田中忠政、津（三重県）の富田知信、鹿児島の島津忠恒、飫肥（宮崎県）の伊東祐慶、津山（岡山県）の森忠政の諸大名がそれぞれ本国から運んだ。その方法は、たいてい船で運んだから、ときには暴風のため、石の輸送船が何百そうも海に沈んだこともあった。

また、よい材木の出る地方には、木材を出させた。日向高鍋の秋月種長、奥州中村の相馬利胤などの大名が、その役をいいつかった。

これらの大名たちは、自分から工事を監督した。

加藤清正などは、

「知行一万石につき二個以上の大石を出すことにしよう」

といい出した。今に残っている皇居の巨大な石垣は、こうして諸大名のもちよったものである。

以上の顔ぶれを見てもわかるように、ほとんど全国のおもな大名が家康のために、江戸城をきずく役をつとめている。いかに家康が大きな勢力になっていたかわかるであろう。そして江戸城の工事がまったく完成するまでには、百何年もかかっている。もちろん、諸大名も、この長い間、その子、その孫と築城に奉仕している。

家康は慶長十年に隠居して、子の秀忠が将軍となった。隠居した家康は、駿府の城にひっこんだ。しかし、政治の実権は、やっぱり家康にあった。家康のことを大御所といった。

江戸城は隅田川の水をひき、内ぼりと外ぼりとでかこんだ。これは今でも残っている。

城は、本丸と西の丸、二の丸、三の丸の建物があった。本丸は将軍の住むところ、西の丸は、世子の住むところだった。今の皇居は西の丸で、今の二重橋（にじゅうばし）は西の丸の入口である。

今の、大手町（おおてまち）にある大手門は本丸の正門であった。

正門のほか、江戸城のぐるりに三十六の門があり、大名たちによって警備された。

これらの門のあるところを、「江戸三十六見附」といった。今でも「四谷見附」「赤坂見附」の名がのこっている。

慶長十二年には、りっぱな五層の天守閣ができたが、明暦三年（一六五七年）の火事で焼けた。そのまま、今でも天守閣はない。

江戸城が、こうしてりっぱになっていくと同時に、江戸の町も、ひろくなり、にぎやかになっていった。

まず諸大名のやしきが江戸に移った。大名たちは自分の妻子を人質として江戸におく必要があったからである。それに、参観交代といって、自身も一年ごとに江戸に住むこととなった。

これらの徳川家の家来や諸大名の家来たちの生活をまかなうため、たくさんの商人や職人が江戸に住みこみ、家康が江戸を居城としてから五十年もたたないうちに、市場や劇場などもでき、町の数は三百町、人口は何十万となった。

家康は、これだけの町をつくるため、神田山をくずして海や沼をうめ、道路をつくり、橋をかけ、みぞを掘った。今の銀座も海をうめてできた町である。

この工事も諸大名にいいつけた。千石についてひとりのわりあいで人夫を出したが、総数一万人以上であったという。

伊達政宗などは、黄金二千六百枚、人夫十二万人で駿河台を切通した。今のお茶の水である。今に、尾張町とか加賀町とか出雲町とかの町の名があるのは、当時の大名がうめたて工事をしたのによったのだ。

大名たちは、江戸の工事にばくだいな金をつかったうえ、また駿府や名古屋の城の工事もさせられた。

家康の目的は、大名たちに金をつかわせ、戦争のしたくができないようにするのにあった。

加藤清正などは、自分からすすんで、名古屋城の天守閣をひきうけているくらいだ。

福島正則が、あまりの課役のつらさに、

「いいかげんにかんべんしてくれればいいのに」

と、ぐちをいうと、それを聞いた清正が、

「そんなに文句をいうのなら、きみが国に帰って徳川家に反抗するほかはないよ」

といったので、正則もだまってしまったという。

各大名は、家康の顔色ばかり気にしていたのだ。

関ヶ原で弓をひいた毛利でも島津でも、家康にびくびくして石材を船で運んで工事をたすけている。

これらの大名たちは、家康のきげんをとるため、妻子を人質に江戸においたが、そのはじめは、関ヶ原戦争前の、藤堂高虎、浅野長政あたりからだったらしい。関ヶ原後は、もちろん、各大名はほとんど人質を江戸においた。そのため、江戸には、大名やしきと、幕府の家来たちの住むやしきと、一般町民の住む家と三つの区画ができた。

その町人の町も、商人や職人たちが、それぞれの職業の種類によってかたまって住んだ。

だから、江戸は、将軍の城を中心として、大名の町、武士の町、町人の町でできているといってもよい。だいたいに武士の町は山の手にあり、町人の町は下町にできた。

大名のやしきは、江戸城の東と南どなりのほりの内側にかたまっていた。大名小路(だいみょうこうじ)という名まえができたほどである。今の千代田区の丸の内(まるのうち)、日比谷(ひびや)、霞が関(かすみがせき)、永田町(ながたちょう)のビル街一帯にあたる。

江戸の急激な発展は、家康の威光であると人々は、ますます家康をおそれるようになった。

大御所隠居となった家康は駿府にいたが、やはり政務はみていた。だから、諸大名は、江戸の将軍秀忠と、駿府の家康と、両方にあいさつに行かねばならぬというしまつである。

それでも、大名たちは、はい、はいといって頭を下げに行った。

家康は、外様大名の浅野、伊達、山内、島津、毛利、細川、加藤のような大きな大名とはたがいにむすめや養子をやり、親類関係をむすんだ。それらの大名たちは、家康の旧姓「松平」の姓をもらってありがたがった。どしどし使ういっぽう、そういうようなことをして、かれらを喜ばせた。それは、ますます、大名たちを家康のほうにひきつけるばかりであった。

こうして、家康の勢いがますますさかんになるのを見て喜びながら、家康の母は七十五歳の高齢で死んだ。

家康はその菩提寺として伝通院（東京都文京区）をたてた。世に伝通院夫人というのがこれである。

さて、諸大名がこうして家康におそれいっているうちに、家康が気にかかってならないものがいた。

大坂の豊臣秀頼のことである。

秀頼母子

関ヶ原の役がすんだとき、家康は秀頼に対しては、

「淀どのは女だし、秀頼はおさないのだから、こんどのことは知らないのだろう」

といって、かくべつにとがめなかった。

家康は、片桐且元（かたぎりかつもと）という大名に、

「よく豊臣家のせわをみるように」

といいつけた。

且元は秀吉にとりたてられた大名で、前から秀頼の傅役（ふやく）（もり役）であった。家康との交渉では、かれは豊臣家の代表のような格となった。

秀頼が十一歳となった慶長八年の七月に、家康は、秀忠のむすめ千姫（せんひめ）を秀頼の妻にした。

このことは秀吉がまだ生きているときからのやくそくで、秀吉は、家康と親類に

なって秀頼をたのもうという気持であった。

しかし、この結婚があまりあてにならなかったことは、あとでわかる。

淀君は、心では、家康が秀頼に天下をかえしてくれるものと望んでいた。しかし、いっこうにそのようすもなく、かえって、家康は将軍となり、ついでその将軍職を秀忠にゆずったのをみて、たいへん腹をたてた。

「家康は天下を横どりしたのだ」

と、家康をにくんだ。

しかし、その秀頼は、摂津、河内、和泉（大阪府）で六十五万石をもらい、今では地方の一大名と同じであった。もう、なんの勢いもなかった。大名たちは、うわべでは、秀吉のあとつぎとして尊敬するものもあったが、それもだんだん家康にえんりょして、よりつかなくなった。淀君が、いくら腹をたてても、日に日に家康の勢いがよくなるだけ、秀頼の勢いが落ちるのだから、しかたがない。

が、淀君には、まだ、

「秀頼こそ将軍にならねばならぬ秀吉のあとつぎです」

というほこりと希望がすてられなかった。

この淀君と秀頼に同情する大名もすこしはあった。加藤清正とか、福島正則とか、秀吉に恩をうけた大名たちであった。

しかし、それは同情というだけで、すすんで秀頼のために味方して、家康と争うという気持はすこしもなかった。

いいかえると、家康のきげんを悪くしないていどに、秀頼に同情したのであった。

他の、細川忠興や加藤嘉明や黒田長政や山内一豊といった秀吉に恩をうけた大名たちは、家康がおそろしいばかりに、大坂を通っても、秀頼のところに、あいさつにも行かなかった。

しかし、勝気で、気ぐらいばかり高い淀君は、

「家康は早く天下を秀頼に返すのがほんとうだ」

と、家康のやりかたをにくみつづけた。

秀忠が将軍に任ぜられるため、慶長十年（一六〇五年）三月、京都に行ったときのことである。

秀忠は、榊原、井伊を先陣として、十万人あまりのぎょうぎょうしい行列で入洛（にゅうらく）した。

そのころの公家（くげ）の日記には、鉄砲、弓、やりをもった秀忠の行列は、朝の八時から夕がたの六時ごろまでつづいたと、びっくりしている。

この大がかりの行列は、家康が『東鑑』をよんで、そのむかしの源頼朝の上洛を手本にしたのである。

家康が、『東鑑』を愛読して、頼朝を尊敬していたことは前に書いたが、あるとき、家来たちが、

「頼朝はえらい人だけれど、義経や範頼のような血を分けた弟たちを殺したのは無情だ」

といっているのを聞き、家康は、

「そうではない。すべて天下をおさめるのはひとり、そのあとをつぐのもひとり。その他の兄弟は、他人と同じである。兄弟づらをしていばってでしゃばり、天下をみだすようすがあれば、のぞくのがほんとうである。頼朝が弟たちを殺したのは無情だというのは、世にいう判官びいきで、茶のみ話の批評だ」

といったことがあった。

じっさいに、家康は、わが子の忠輝を改易し、秀忠も、おいの忠直を改易させ、家光も、弟の忠長を自殺せしめている。

頼朝が質素で、鎌倉武士という剛健な気風をやしなったことも、ひどく家康を感心させ、手本としたのである。

さて、家康は、秀忠が征夷大将軍となったのを機会に、秀頼へ、

「京都に来て、秀忠に会うように」

といってやった。

淀君は、そのことづけを人から聞くと、

「なにを申されるぞ。徳川家は豊臣家の家来ではないか。もし用があれば、家康、秀忠が大坂に来て秀頼に会うのがあたりまえなのに、秀頼を呼びつけることはもってのほかです」

と、怒りのまゆをあげた。そのうえ、

「どうしても秀頼を上洛させるというなら、私は秀頼を殺して、自殺します」

とまでさけんだ。

これを伝え聞いた大坂の市民たちは、

「すわ、関東勢（徳川）と戦いがはじまりそうじゃ」

と、あわてて荷物を運び出すしまつである。秀忠が十万の兵を供につれて、上洛したことも不安に思っていたやさきだったのだ。

家康は、それを聞いて、苦笑した。

「さても、女というものはしかたのないものじゃ。では、だれかこちらから名代を

大坂にやろう」

　と、六番めの息子で十四歳になる忠輝を大坂にやった。

淀君は、名代ながら、ともかく家康のほうからあいさつをしに来たというので、
喜び、

「やっぱり、豊臣家は徳川より上じゃ」

　と、また鼻が高くなった。

　しかし、秀忠が江戸に帰るときに、供をしていく大名たちは、秀頼のところへあいさつに行くものはなかった。家康から、にらまれるのがおそろしいからである。

こうして、家康と大坂の豊臣家とは、不仲になりながらも、表面はなにごともなくすぎた。淀君は、自分のほうこそ天下の上にたつ本家だと思い、家康は、ちゃくちゃくとして幕府としての実力をかためていった。

　それから六年たった。

　家康は、もう七十という老齢である。

　家康も、すこし、あせってきた。

「自分が生きている間に天下のことを定めておきたい。それには秀頼母子をなんとかのぞかねばならぬ」

しんぼうづよい家康も、

「七十という年では、あすのいのちもわからないのだ。早くしたい。死ぬ前に、その仕事をやりとげたい」

と、せまってくる死と競争するような気持になった。

どんな英雄でも、死に勝つことはできない。

(早くしろ、早くしろ)

と、心がいそぐ。

そのうち、前田利長から家康にこんなことを知らせてきた。

「大坂の秀頼さまと淀君から、まんいちのときは自分たちの味方になってくれとたのんできましたが、私はそれをことわりました」

家康は、

「それは、よく知らせてくださった」

と、利長に礼をいって、名器の茶入れやわきざしをおくったが、大坂がたがそんなつもりでは、もうゆっくりはできないと思った。

家康は慶長十六年(一六一一年)に駿府から上洛して二条城にいた。

大坂には重職で、織田有楽といって、信長の弟、淀君にはおじにあたるものがい

る。それにあてて、家康は、

「秀頼どのにひさしぶりに会いたいから、至急に上洛されたい」

という文書を出した。

（こんどこそは、どうしても秀頼をわしの前に呼びつけねばならぬ。はっきり天下人は、わしだと、わからせねばならぬ）

という考えであった。そして、

（こんど、またことわったら、兵をさしむけて戦うまでだ）

と、かたい決心をした。

淀君は、

「秀頼に来いとはなにごとです。主人を呼びつける法がありますか」

と、やっぱりおこったが、大坂に同情的な加藤清正、浅野幸長、福島正則などが、

「いや、こんどおことわりになったらたいへんなことになります。家康どのは秀頼公の義理のおじいさま（秀頼の妻千姫は、家康の孫）なのですから、こちらから行ってもおかしくありません。まあ、こんどは、ぜひ、京都に行って家康どのに会われることをおすすめします」

というので、淀君もしかたなく、それをしょうちした。

それでも、淀君は、気になるから、うらない師をよんで京都に行ったほうがよいか悪いかとうらなわせた。うらないには大凶（たいそう悪い）と出た。

片桐且元はそれを見て、うらない師に、

「うらないのことはよくわからないが、こんど、京都に行かぬと、えらいことになるから、凶を吉と書きなおせ」

と「大凶」を「大吉」と書きなおさせたという。

こうして、淀君は、はたからせきたてられて秀頼を京都にやる心になったが、まだ心配なのは秀頼が殺されはしないかということであった。

これには、加藤清正、浅野幸長が、

「そのことなら、どうぞご心配なく。私たちがいのちをすてても秀頼公の身をおまもりいたしますから」

と、ねっしんにいって、うけあった。

加藤清正も、浅野幸長も、おさないときから秀吉につかえて恩をうけた人間である。

ことに清正は、秀吉とは母どうしがいとこであったし、賤ヶ岳の合戦いらい、かずかずの武功で秀吉からとりたてられた。武勇があり、朝鮮役で、朝鮮の王子を捕虜にしたことや、蔚山(ウルサン)城にたてこもったことは有名である。とらたいじの話は子どもに人気があって五月人形などになっている。あのひげづらの顔が、いかめしそうであいきょうがある。そんなことはどうでもよいが、とにかく、ゆうかんで、秀吉に忠義であった。

　その清正が石田三成がにくいばかりに家康のほうについた。そして、家康のために、江戸城の石垣にする大石を運んだり、名古屋城の天守閣を造営するしまつになった。領地をもち、おおぜいの家来をめしかかえている大名のつらさで、なるべく時の権力者のきげんをとって、家を安全にしなければならないのである。

　しかし、清正たちには、家康が天下をにぎることはわかりきっていたから、

（せめて、豊臣家は大名として残るようにしたい）

と希望していた。これは、清正も幸長も、福島、細川など、秀頼同情者はみな同じ考えであった。

　三月二十八日に、秀頼は大坂をたった。大坂と京都の間の淀までは、家康の子の十二歳になる義直(よしなお)と十歳になる頼宣(よりのぶ)が出むかえた。

　秀頼は、四方のあいているかごに乗っていた。このとき十九歳。乗物は百人ばかりの武器をもったさむらいがとりまき、加藤清正と浅野幸長とは、乗物の両わきに

ついた。しょうぶ皮のたっつけに大きな竹づえをついて、秀頼のそでにあたるほど、近くにくっついて歩いていた。

家康は二条城内で、秀頼と対面した。

家康は、きげんがよかった。

「ようご成人なされてめでたい。故殿下（秀吉）がごらんになればお喜びなさろうに」

といって、目を細めて秀頼を見た。そばには義直と頼宣とがいた。

家康は、ふたりを見て、

「これらはまだおさないからよろしくたのみます」

といって、じょさいがなかった。そして、家康と秀頼とは、たがいに刀のおくりものをしあった。

なごやかな会見はおわった。

帰りの行列には、また清正と幸長とがかごの両側にまもるようについて歩いた。

秀頼がぶじに、大坂に帰るため淀川の船に乗ったとき、清正はふところから短刀を出して、

「きょうは、故太閤殿下（秀吉）のご恩の半分を返した」

といったという。二条城で秀頼に危害を加えるものがあったら、この短刀で切るつもりだったらしい。

加藤清正と本多正信とはしたしかったから、家康は正信にいいつけて、つぎのようにいわせた。

まず、正信が、

「他の西国（中国、九州）大名は大坂についても、大坂城はす通りして、まっすぐに江戸に来るが、あなただけは大坂につくと秀頼どののきげんをうかがうのは、どうかと思う。それに供の人数が多すぎるようだ」

というと、清正は、

「私は前々から大坂につくと秀頼公のところにうかがう習慣になっているので、いまさらやめるわけにはいかない。供の人数の多いのは、いざというときにそなえるためだ」

と答え、さらに正信が、

「今どき、あなたのようにひげをはやした大名はほかにいない。おそりになったらどうか」

というと、

「ひげをはやすのは、かぶとの緒をしめるのにべんりで、しめたときの気持がわすれられませんでな」

と、清正はいって、声を出してわらった。

とにかく、清正は、家康からしっぽをつかまれないていどに、大坂がたのかたをもっていた。

淀君も秀頼も、この清正と浅野幸長とにはずいぶんたよっていた。

ところが、清正は、家康と秀頼の対面がすんで、ひまをとって、本国の熊本に帰るとちゅう船の中で病気になり、熊本について死んだ。浅野幸長も、清正から二年おくれて病気で死んだ。

このふたりの死は、大坂がたにとって、大きな損であった。

同時に、家康にとっては、大坂がたをやっつけるのに、いちだんとらくになった。

前の二条城の会見で、家康は秀頼となごやかに会ったが、心の中では、

(秀頼のわかいのにくらべて、自分はもう七十の老齢だ。いけない、いけない、今のうちに大坂の根をたって、徳川の幕府をゆるぎのないものにつくらねばならない)

と、いっそうにあせってきたのであった。

家康のこのなやみは、死に近い老いた人間がなにかの望みをもつときの共通のなやみである。

家康は十七歳の初陣から、負けたことがない。ただ一度、三方ヶ原で敗北したが、それすらも相手が武田信玄なので、かえって名があがった。秀吉も長久手で負けている。家康には、これまでおそろしい敵はなかった。

だが、今になって家康はおそろしい敵に出あった。それは「死」である。「七十歳」という年が、いやでも「死」の前に立たせている。家康は、あせりだした。今まで、あわてず、さわがず、ゆうゆうとしていた家康が、あせってきたのだ。死のくる前に、やっておかなければならないことのために。

その、あせりが、大坂がたへのむり難題となった。

いままで、けっしてむりをせず、しんぼうをつづけてきた家康に、はじめて人間の心の破れがおとずれたのである――。

その難題は京都の東山（ひがしやま）にある方広寺（ほうこうじ）のかねのことからはじまった。

方広寺は、秀吉が建てたものだが、慶長元年（一五九六年）の大地震でこわれた。

秀頼母子はこの寺の再建を考えて、その費用を補助してほしいと江戸の秀忠のところへたのんでやった。

秀忠は、老臣本多正信を使いとして、駿府の家康のところに相談にやった。

家康は、それをきくと、じろりと正信を見て、

「秀頼はわかいし、淀どのは女のことだから深い考えはなかろう。しかし、おまえのような考え深い年よりが、おれのところにわざわざ相談に来るとはなにごとであるか。方広寺は秀吉のものずきから建てた寺で、秀頼がこれを建てなおすというのは、先方の私事のかってだ。将軍家が関係することではない」

と、にがい顔をしていった。正信はこうべをたれて江戸に帰った。

家康の心は、この工事に、大坂がたの金をうんとつかわせて、軍備の費用を少なくする目的であった。

じじつ、そのとおり、大坂がたは、方広寺の再建におびただしい金をつかったのである。

方広寺大仏殿の工事は一年半ばかりかかって落成した。そして、そこにつるすかねもできあがった。かねには銘といって、由来などを文章にしていこむ。

問題がおこったのは、この鐘銘からであった。その文句は――

「国家安康、四海施化、万歳伝芳、君臣豊楽」

という、まことにめでたい文章で、どこにおちどのあろうはずのないものだが、

家康が難をつけたのは、「国家安康」の、四字だ。二字めが家で、四字めが康となっている。つまり、家康という字が三字めの安という字のためにまん中から切られている。これは、わざと「家康」という名を切ったので、家康をのろう不吉な文字である――という、ずいぶん、こじつけたむりな解釈であった。

この難題はだれが考えだしたかわからぬが、その前に、京都に来てこのかねを見た天海という家康の相談相手になっている坊さんが、駿府に帰ってなにごとか家康とうちあわせしたというから、天海が家康に、そう教えたのではないかといわれている。

家康は、

「この鐘銘をどう思うか」

と、京都五山の僧（東福寺、建仁寺、天竜寺、万寿寺、相国寺などの僧）にたずねた。

五山の僧は、みな家康のはらがわかっているから、

「国家安康の字は、上さま（家康）をのろうけしからぬ文句でございます」

と答えるし、林道春という学者は、

「国家安康は上さまの名を中で切った、今までに例のない無礼千万な文句です」

と答えた。

ときの権力者に、頭をぺこぺこさげて、その気にいるように学問をゆがめるものは、いつの世にもあるものである。

大坂がたでは、びっくりした。まさか、これが家康の難題になるとは思わなかったのだ。それで、とにかく、家康にいいわけをしてあやまらねばならぬというので、片桐且元が駿府にいそいで下った。

家康は、且元が来ても会わなかった。且元は家康の腹だちを思って、つぎの三つのことを実行したら、ゆるしてもらえるだろうと思った。

一、秀頼を江戸におくか。

二、淀君を江戸に人質とするか。

三、大坂城をたちのいて、よその国にうつるか。

というのである。且元の考えでは、このままでは、家康は、どうしても大坂がたをつぶすつもりでいる。それをさけて、せめて大名としてでも、豊臣家が残るためには、この三つのどれかをえらばねばならぬと思ったのだ。

且元は、そのことを淀君に帰って話した。

豊臣家が徳川家より上だ、とまだ思っている淀君が、そんなことをしょうちする

はずがない。それぱかりでなく、大野修理という家来のことばをいれて、

「且元は、家康としめしあわせて大坂がたをほろぼそうとしている」

と、かえって且元を疑い、且元を切腹させようとしたくらい腹をたてた。且元は、

「こんなに豊臣がたのことを思って、いっしょうけんめいに苦心しているのに、疑いをかけられたうえ、つめ腹を切らされてはたまったものではない。もはや、これまでじゃ」

と、妻子や家来をつれて大坂城をたちのいた。

且元がいなくなると、大野修理が大坂城の出頭人となった。

淀君は大野修理と相談し、

「このうえ、なんといっても家康がきかぬなら、関東勢をひきうけて一戦するまでだ」

と、戦争のしたくをした。

いっぽう、家康も且元が大坂城をたちのいたときから、

「大坂がたはこちらに頭をさげてしたがうつもりはない。さらば、大坂を攻め落そう」

と、すぐに出動の命令をくだした。

慶長十九年（一六一四年）十月一日である。

家康は、

「すぐに大坂にかけのぼって、敵兵をうちはたし、老後の思い出にせん」

と、太刀をぬいておどりあがったほど、いさみたった。

こんどは、関ヶ原のときとはわけがちがう。大坂城は一攻めすれば、わけなく落ちると思った。つまり、勝負は、はじめからわかっている。

だから、家康は、鷹野に行くときのしたくで十月十一日に出発した。じっさいに、駿府から大坂に行く途中、たか狩りをしてたのしむというゆうゆうぶりであった。

大坂がたでは、その前から秀吉から恩をうけた大名たちに、秀頼の名で味方をたのんだ。

淀君たちは、まだ秀吉の恩顧を大名たちがわすれずにいて、このような場合には、さっそくかけつけてくれるものと思っていたのである。

ときの流れは、刻々にかわっていく。天下の実力が家康ににぎられ、大名たちは、その地位や家や子孫の安全のために、家康のきげんをうかがっている今のありさまを淀君は、まだはっきりとわからなかったのであろうか。淀君は秀吉の威勢のよいころのゆめを、まだみていたのである。

淀君が、味方にたのんだ大名たちは、前田利常（利長はその前年に死んでいた）、伊達政宗、島津義久、蜂須賀蓬菴、福島正則、毛利輝元らであったが、この大名たちは、みな秀吉に深い関係のある大名ばかりであった。

それなのに、かれらの返事は、どれも同じように、味方することをことわってきた。島津などは、

「豊臣家の恩がえしは、関ヶ原でお返ししている。あとは徳川家の恩をうけているから、お味方するわけにはいかない」

と、はっきりしたものである。

だから、大坂がたに味方したものは、徳川家にうらみのある、家をほろぼされた大名とか、その家来の浪人ものとかであった。浪人というのは主人のいない、知行にはなれた武士のことである。

そのおもなものは、真田幸村、長曾我部盛親、後藤又兵衛、塙団右衛門などであった。

かれらは、さすがに気骨があったけれど、その他の浪人たちは、ただ食べるために大坂がたへついたものが多い。

筆者は、この本のはじめに、戦国時代の武士は、今のおとなが会社や工場で働くように、戦争するのがしごとだった、と書いたが、そのいみでいえば、知行を失った浪人という失業者が、戦争に就職しようとして、大坂がたについたのである。

真田幸村は、信州上田の城主であった昌幸の子だ。昌幸は小さな大名ながら、智

謀の武将で、いつぞや家康は大久保忠世、平岩親吉などをやって戦わせたが負けて帰ったし、関ヶ原役では中山道をのぼる秀忠の大軍をせきとめて、戦闘におくらせている。徳川がたが負けたのは、信玄の三方ヶ原と、この真田攻めだけだった。

幸村は関ヶ原の役後、家康から上田城をとりあげられて、紀州（和歌山県）の高野山のふもとで百姓をしてたのを、大野治長（はるなが）に呼びいれられた。幸村は山伏（やまぶし）に変装して大坂にはいった。

長曾我部盛親は土佐の大名だったが関ヶ原役に大坂がたについて負けた。それで国をとられ、坊主になって京都にかくれていたのを、大野治長に呼ばれたのである。

後藤又兵衛は黒田長政の家来、塙団右衛門は加藤嘉明の家来、どちらも主君とけんかして主家をとび出した豪傑である。

しかし、いくら豪傑でも、鉄砲の発達した戦争になっているから、知れたものである。

この大坂がたに対して、家康のほうは、上杉、佐竹、堀尾（ほりお）、前田、藤堂、伊達、浅野、蜂須賀、稲葉、毛利、加藤（明成（あきなり））、池田、有馬の諸大名に、本多忠政、松平忠直、井伊直孝（なおたか）の徳川直参が加わって、総勢十八万の大軍だ。十二月六日には、大坂城の四方をとりかこんだ。

この日、家康は本陣を茶臼山（今の大阪市内の天王寺の近く）にすえた。

大坂がたははじめから籠城だ。

淀君は女ながらよろいをきて、城内を見まわったという。

この、城攻めは十日ごろからはじまったが、急に落ちそうにない。これだけの大軍でとりかこみ、大砲、鉄砲とうちこみ、城の北側からは佐竹勢、上杉勢がさくに切りこんでいくが、城は、びくともしないのである。

家康は、これを見て、

「これはいかぬ、さすが秀吉がきずいた城だけあって、難攻不落だ」

と思った。そして、ふと、思い出すことがあった。

それは、この大坂城ができたときである。秀吉がじまんして、

「どうだ、この城を落す方法を知っているものはないか」

と、とくいげに、ならんでいる諸大名にいった。だれも答えるものがなかった。

秀吉は、にこにこして、

「それはな、この城の外ぼりをうめて攻めることだ。それ以外に、この城をせめ落す方法はないのだよ」

といった。そのころは、秀吉の勢いは絶頂にあったから、こんな秘密をいっても、

だいじょうぶだと思ったのであろう。

家康は、それを思い出して、

(そうだ。そうするより方法はない。それには、一度、講和〈仲なおり〉しなければならない)

と考えた。

家康は、相手は淀君だけだと思ったから、京都から阿茶の局という侍女をよんで、

「女は女どうしというから、そなたから淀君に講和をすすめてみよ」

といいつけた。

阿茶の局は、そのとおりに淀君にすすめると、淀君も秀頼も、ぜったいに反対である。

「いまさら講和とはなにごとか」

というのである。

しかし、家康は講和の希望をすてなかった。城内の大野治長や織田有楽あたりに、しきりと講和をすすめる使いをやった。

そのいっぽう、城にむけては、さかんに大砲をうった。

その大砲をうっているのが、さきごろ大坂城をしりぞいた片桐且元だから、ちょ

っとおどろく。且元は、大坂城を去って、すぐ家康のもとに行き、こんどの大坂攻めには、すすんで申し出たのである。

且元は、大坂城のかってをよく知っている。それで、且元のうちこむ大砲のたまが、淀君のへや近く落ちて、破裂し、侍女ふたりは目の前でからだがこなごなになった。

淀君は、まっさおになった。

「ああ、戦いをやめます。講和の話を承知しましょう」

とさけんだ。

大坂城内では、淀君のいいなりしだいだ。秀頼も母のいうことにはそむかぬ。木(き)村重成(むらしげなり)、薄田隼人(すすきだはやと)、塙団右衛門のような主戦論者が、いくら講和に反対してもだめだった。

講和に賛成するほうのいいぶんは、

「家康は、もう年齢が七十をこしている。このさき生きていても長くない。今、講和で一時仲なおりして、家康が死んでから、旗あげすればよい」

というのだ。

それでとうとう、家康の出した講和の条件をしょうちした。

その条件のおもなものは、大坂がたは、城の本丸をのこして、外ぼりと二の丸のほりとをうめるということであった。

この条件を大坂がたが承知したと聞いて、家康は、胸をなでおろして、

「やれやれ」

と思ったことである。二十日には、家康の、講和はできた。けいりゃくはあたった。思うつぼなのだ。

「秀頼は、そのままの地位にいてよい。大坂城内の武士たちをとがめない」

という誓紙が、大坂がたの使者にわたされた。

秀頼のほうからの誓紙は、

「これから徳川家に対して反抗しない」

というのを書いて、家康にわたされた。

こうして、二十五日は、家康は茶臼山をひきあげ、京都に帰り、攻囲軍も、かこみをといてひきあげた。あとには、ほりをうめる工事をうけもつ本多正純（正信の子）、成瀬正成、安藤直次が残るだけとなった。

世にいう冬の陣は、おわった。あとは、ほりをうめる工事である。

ほりうめの工事は、十二月二十一日からはじまった。

家康は、大坂にいる諸大名にいいつけて、人夫のわりあてをして出させた。数万人の人夫が昼夜の別なくはたらいた。

はじめ、外ぼりがうまった。講和の条件のとおりである。ところが、工事は、内ぼりをうめはじめた。

大坂がたではおどろいた。やくそくがちがうのだ。

すぐに人を出して、奉行の本多正純に、

「内ぼりをうめるとはやくそくにない。けしからぬではないか」

と、やかましくいった。正純は、

「それは、組頭どもがまちがったのです。よくいいつけて、やめさせましょう」

と、その現場に出て、とめさせた。

大坂がたのものが、安心して帰ると、

「それ、はじめろ、早くうめろ」

と、どんどんうめていく。

淀君が、これを見て、侍女を使いとして、工事現場にやってやめさせようとするが、女と思ってか、相手にしない。

「それでは、家康どのにいって、やめさせねばならぬ」

と、お玉と、大野主馬とが京都に行って、まず本多正信に会って抗議した。

正信は、びっくりした顔で、

「それは正純めがばかもので、さしずもまんぞくにできぬとみえます。すぐ、このことを大御所（家康）さまに申しあげねばなりませんが、この二、三日、かぜをひきましてな、薬ものんでおりますので、もうほどなくなおると思います。もうすこし待ってください、よく申しあげておきます」

といって、そのまま二、三日すぎた。お玉たちが、じりじりしながら、さいそくすると、もうかぜもなおりますから、もうちょっと、もうちょっと、と待たされた。

そのうち、大坂城のほうでは、城の本丸までうめたててしまった。その知らせを聞いて、はじめて正信は家康に、お玉の抗議をいった。家康も、おどろいた顔をして、「すぐに現場に行ってしらべてみよ」という。

正信が京都から大坂城に行って見ると、城は本丸だけ残してほりはみんなうめてしまってある。工事はできあがったとみえて、人夫はひとりもすがたがないのだ。

正信は見て、頭をおさえ、

「これは、まことに申しわけありません。ここまでうめよとは申しつけてないのに、とんだことです。このうえは、帰って、正純に腹を切らせておわびいたします」

といってひきかえした。むろん、正純は腹もなにも切りはしなかった。

大坂がたでは、家康にくじょうをいったが、

「もう、できたことはしかたがあるまい。これから両家は仲よくしていくのだから、そんなことはどうでもよいではないか」

と、なだめてしまった。

大坂城は、まるはだかとなった。これで家康の目的はたっしたのである。

家康は、正月を二条城でむかえ、三日には駿府に向かって出発した。とちゅう、すきなたか狩りをしながら、のんびりと帰って行った。心の重荷をおろして、軽い気持になったのであろう。秀忠も江戸に帰った。

これで、徳川、豊臣の両家の間にはなにごともなく、ぶじな日がつづけば、申しぶんないことである。

が、それでは家康がまんぞくではない。家康の目的は、あくまで秀頼が当主である豊臣家の根をたやすにあった。

ところが、大坂がたも、

「これはあぶない」

と、気がついたらしい。

急に、うめたてられたほりを掘りはじめたり、へいをつくったり、新しく浪人たちをやとい入れたりしだした。つまり、戦備をはじめたのである。

この知らせは、家康を喜ばせた。大坂がたに戦争をしかけるきっかけができたからだ。

冬の陣がすんで半年もたたぬ四月のなかごろに、家康、秀忠は、また大坂攻めに出発した。

家康の胸の中はおどっていた。城は内外ぼりともうまっている。こんどこそ落城は疑いなかった。家康は初夏の風ふく東海道を心地よげにのぼって行った。

家康の戦略は、――全軍を二つに分け、一手は大和(やまと)（奈良県）を通って行く、一手は河内（大阪府）を行き道明寺(どうみょうじ)というところで、いっしょになって、城を南から攻める――と考えた。

家康と秀忠とは、四月二十九日、二条城で相談して、五月三日から攻撃するときめた。旧暦法の五月だから、今の六月ごろだ。空には夏の燃えるような太陽がある。

こうして、歴史上有名な大坂夏の陣がはじまった。

大坂がたは、軍議の席で、真田幸村が、

「京都にのぼって、伏見城をとり、琵琶湖のそばの志賀、唐崎の線で、敵をむかえうとう」

と、意見をのべ、長曾我部盛親、後藤又兵衛などもそれに賛成したが、大野治長が、

「それは冒険だ。冬の陣のときと同じように籠城がよい」

といってきかなかった。それで籠城となったが、ほりをうめられても、大坂城をたのみきっていたのである。

家康が、まだ、兵をすすめない前に、大坂がたでは和歌山の浅野長晟（幸長の弟）をうとうとはかった。和歌山に一揆をおこさせ、両方からはさみうちにしようというのである。

大野道犬、塙団右衛門らが向かったが、浅野家の亀田大隅の隊に待ちぶせられ、鉄砲をうちこまれて負けた。亀田大隅はゆうれいから大力をさずけられたという伝説のある男である。塙団右衛門は、この戦いで討死にした。

家康は、この勝った知らせを聞いて、

「いくさのはじめにめでたい」

と喜び、五月五日、二条城を出て、河内にすすんだ。

大和口から大坂にすすむ先鋒は、水野勝成、本多忠政、伊達政宗がうけもった。

大坂がたはこれを国分というところでむかえて戦うことにし、後藤又兵衛、薄田兼相の七千人を前隊とし、後隊は真田幸村、毛利勝永の一万二千人で、平野付近で野営した。

徳川がた二万の兵も国分の西の方に野営して夜明けを待った。

その夜、真田幸村は、後藤又兵衛と毛利勝永と陣所で会い、

「明朝は夜の明けぬうちに藤井寺で会い、二手にわかれて国分の東軍（徳川勢）にうってかかり、家康、秀忠の首をとるか、われら三人討死にするかしよう」

とやくそくして、たがいにさかずきをかわした。

その五月六日の午前零時ごろ、やくそくのとおり、又兵衛は二千八百人の兵をつれて出発、夜明けごろ藤井寺についたが、どうしたものか、幸村、勝永の隊が来ない。

これは、その朝、霧が深く、夜明けがわからずに、幸村も勝永もおくれたのである。

又兵衛は、戦いの時機がおくれるので、そのまますすみ、途中のこ高い丘を占領した。

東軍はこれを見て、水野隊、松倉隊、堀隊、伊達隊で攻めた。又兵衛は三方から

敵をうけて、勝ちめのないことを知り、山をくだって、すて身の攻撃にうつった。

又兵衛は、自分から先にたっていたが、胸をたまで射ぬかれてたおれた。家来が肩にかつごうとしたが、からだがこえていて重い。又兵衛も、早くわが首をはねよ、というので、家来が首を切って、きれにつつんで田にうめた。

毛利勝永は三千の兵で夜明けに天王寺を出て藤井寺に来て、後藤の討死にを聞き、負けた兵がしきりに帰って来るのに会った。しかし、前の晩に、真田幸村とやくそくしているので、すすまずにいると、幸村の隊がやっと十一時すぎて来た。

真田隊の来たのを知って、伊達隊が、よき敵なれ、となだれかかった。

伊達の戦法は七千の銃でいっせい射撃し、乱れるところを騎兵がつっこんで馬でけちらすというあらあらしいやりかただ。

幸村の隊は、そうとうに死傷者が出たが、幸村は兵を伏せさせて一歩もしりぞかない。幸村の隊士は旗もよろいもみな赤い色だったから、真田の赤隊という。伊達の猛撃にも、赤隊は山のように動かない。武田信玄いらいの甲州流の戦法だ。

幸村は、銃声もおとろえ、煙りもうすくなったころ、

「かかれっ」

と、号令した。声の下から、みな立って、片倉小十郎（かたくらこじゅうろう）などの伊達の先手をまたた

くまに七、八町も退却させた。伊達の戦法も、幸村の赤隊には歯がたたないのである。

幸村は、それから兵をまとめて、毛利勝永の陣に来た。勝永の手をとって、幸村がいうには、

「きょうは後藤又兵衛とあなたと三人でぞんぶんに戦うやくそくでしたが、私が時間におくれ、又兵衛を討死にさせてざんねんです」

と、なみだを流した。

午後二時ごろ、城から帰るようにとの命令が出たので、幸村はしんがり軍となってひきあげた。東軍はおそれて追撃しなかった。

これが道明寺口のいくさである。

この日、道明寺の北、二里の八尾（やお）、若江（わかえ）の近所でも戦闘があった。大坂がたは木村重成、長曾我部盛親が主将。藤堂隊、井伊隊の優勢にかなわず、数少ない大坂がたは敗北した。

安藤という井伊家のさむらいがあし原を通りかかると、年わかい武将がひとり床几（しょうぎ）に腰かけている。むこうから、

「敵か味方か」

と、問いかけてきたから、

「自分は井伊家のものだ。十七歳ならば勝負せよ」

というと、わか武者は、

「わけがあって名は名のらぬ。自分の首をとって功名にせよ」

と、首をさしのべた。安藤は、

「さむらいの道に勝負もせずに首をとる法はない。やりを合わせて運を天にまかせようではないか」

というと、相手は、

「もっともだ」

と、やりをとって二、三合つきあわせた。それから、わか武者はやりをがらりと捨てて、

「さむらいの道もこれまでじゃ、はやうてよ」

というので、安藤はしかたなく、首をとった。

これが木村重成だった。

家康は、重成の首を実検すると、香のにおいがする。家康は、生きたものに向かうように、

「まだ年がわかいのに、だれがこのような心得を教えたか。これは雑兵(ぞうひょう)の首とまぎ

れぬためのたしなみだが、おしいわかものである」

といった。

七日の夜が明けた。大坂城から見ると、東西四、五里の間に、きりにかくれて、東軍がひしめいている。森かと思えば、敵の旗がおし立っているのだし、見なれぬ村ができたとよく見れば、みな敵兵の陣営だった、というありさまである。

真田幸村は最後の戦場を天王寺付近ときめ、城中総出で東軍をひきつけ、一隊を分けて遠まわりして家康の本陣のうしろを攻めようという作戦をたてた。

東西両軍は必死に戦った。東軍は、先鋒の本多忠朝(ただとも)と小笠原秀政(ひでまさ)親子が戦死している。真田隊は越前隊と交戦した。この日は、大坂がたの最後だとみて、東軍の将士はみんな功名にはやり、前にすすみすぎて、かえって家康の本陣がからっぽになった。旗奉行もなにもかもいない。やり奉行の大久保彦左衛門(ひこざえもん)が旗をまもったと、のちのちじまんしたのは、このときのことである。

この手うすになった家康の旗本に、真田幸村の隊がつっこんできた。さすがの三河武士が、三里走った。家康も旗本にまもられてにげた。真田の戦法には、だれも、「敵ながらりっぱだ」とほめぬものはなかった。

その幸村も乱軍の中で戦死している。

大坂城には火のてがあがった。東軍の各隊、いさみにいさんで、へいに手をかけ、石垣をのぼって城内に攻め入る。

このとき、城兵は秀吉いらいの千成びょうたんの馬じるしを地にすててにげこんでいた。

それをひろったものが、

「唐（中国）まできこえたおん馬じるしをすててにげるとは、大坂がた数万の軍勢に勇士はひとりもないか」

とさけんだが、敗戦のみじめなありさまは、いいようがない。

秀頼母子、大野治長、毛利勝永など、みな大坂城内で自殺した。

家康の心にかかっていた大坂城は、こうしてほろびた。もう、この世の中に、家康の心配することはないのである。

家康は、秀頼の最期を聞くと、こっそり京街道を通って、二条城にはいった。きっと、

「やれ、やれ」

と、安心して、その夜は、ゆっくりとねむれたことであろう。かれの心をやすめ

るように、夕がたから、雨も、しとしとと降り出した。

そして、途中、たか狩りをたのしみながら、駿府に帰って行った。

家康のいちばんのたのしみは、たか狩りであった。それは遊びだけではなかった。野や山を歩くのでからだの運動になった。家康が七十五まで長生きしたのは、そのおかげかもしれなかった。

それから田舎ばかりまわるので、しぜんと百姓の生活や、田や畑の作物の出来具合などもわかった。

城の中ばかりひっこんでいては、そんなことはわからないのである。家康は、家来がおどろくほど、いね、むぎの知識があった。

それと反対に北条氏政に、こんな話がある。氏政が城を出ていなか道を行くと、むぎのかり入れさいちゅうであった。氏政は腹がすいていたので、家来に、

「あの麦で麦めしのおにぎりをつくってまいれ」

といった。氏政は脱穀してからでなければ、むぎはたかれないことを知らなかったのである。

そのとき、ちょうど横に武田信玄がいて、そのわけを話してやったというが、信玄はきっと心の中ではばかにしていたであろう。

むかしの武将は戦いに強いばかりでなく、よく百姓の事情など知って、民をおさめる心得がなければ、名将ではなかった。

武田信玄など、いくさにも無類に強いが、民治のほうもいきとどいて、川のつつみをつくって洪水をふせいだり、田に水がいくようにしたりした。今に、山梨県地方では、「信玄づつみ」というのが残っている。信玄が、占領した土地では、一度も信玄にそむいたところがなかった。

家康は、頼朝にも感心していたが、信玄にも感心した。家康の武人としての「先生」は、このふたりであろう。

さて、家康は駿府に帰り、死ぬまで、そこにいた。駿府は、かつて今川義元のいた本拠であり、家康が長年、人質として育った思い出の土地である。今、天下人になりあがった家康の心は、いろいろな感慨があったにちがいない。

しかし、家康は、のんびりと楽隠居したのではなかった。秀忠に将軍職をゆずったとはいうものの、政治むきのことは、いちいち家康の決裁が必要であった。だから、たいせつな用事は、いつも江戸と駿府の間を往復してきめられた。

家康は、秀忠のところには、本多正信を老中の主席としておき、自分のところには、その子の正純を秘書としておいた。

正信は家康の心の底まで、よく知っている相談相手で、戦争のときには参謀長の格、ふだんは政治顧問という格であった。

秀忠を将軍として江戸におくから、その後見人として正信がひかえていたわけである。本多も三河の譜代の家来であった。

正純も父におとらぬ頭のよい才能のあった男で、家康にかわいがられた。だから、本多親子は江戸と駿府にわかれて、政治上のことにあずかっていたのである。

いま、正信が老中だと書いたが、わかりやすく今の制度でいえば、将軍を、天皇とすると、老中は内閣の大臣で、老中筆頭または大老は内閣総理大臣にあたろう。もっとも、大老は家康時代よりのちにできた。

ついでに、家康がつくった幕府の制度のことを書こう。

家康が大名を、譜代と外様にわけたことは前に書いた。家康は、外様大名には大きな領土と禄を与えた。そのかわり、幕府の政治むきに関する大切な役(老中、若年寄などという もの。若年寄は、今の内閣政務次官みたいな役で、家康の孫の家光時代にできたらしい)にはつけなかった。

譜代大名には、高い禄高をやらなかった。そのかわり、政治の要務につけた。

こうすれば、徳川家に反抗したいと思っても、大きな外様大名には権力がなく、権力のある譜代大名には金や兵力がない、というわけである。

譜代大名といえば、三河いらいのてがらのあるものだ。いわば、家康と生死をともにし、家康に天下をとらせた功労者である。それなのに禄高は、少なかった。

たとえば、本多康紀、五万石。松平忠利、三万石。本多正信、二万石。酒井忠利、二万石。井伊直勝、十八万石。戸田氏鉄、三万石。榊原康勝、十万石。鳥居忠政、十二万石。大久保忠職、二万石。――（慶長十九年）――

で、これを外様大名の、

前田利常、二百万石。伊達政宗、六十万石。福島正則、五十万石。浅野長晟、四十万石。黒田長政、五十二万石。細川忠興、四十万石。加藤忠広、五十二万石。島津家久、七十三万石。――（慶長十九年）――とくらべてみるがよい。どんなに、譜代の大名が少ないかわかるであろう。井伊の十八万石はとくべつである。それでも、井伊、榊原、鳥居といったところが十万石台だ。

そのかわり、徳川幕府三百年の間、外様大名が老中の職についたものはひとりもいない。

老中になったものの禄高を知るために、元和二年（一六一六年）から寛永十五年（一六三八年）までの老中をしらべてみると、

本多正信（二万石）安藤重信（五千石）土井利勝（三万石）本多正純（三万二千石）阿部正次（六万石）酒井忠世（八万五千石）稲葉正勝（八万五千石）酒井忠行（二万石）井上正就（三万五千石）森川重俊（一万石）酒井忠勝（十万石）永井尚政（八万石）堀田正盛（十五万石）松平信綱（七万石）阿部忠秋（三万石）阿部重次（六万石）

となっている。

老中といえば、諸大名に将軍の名をもって命令したもので、大大名たちをふるえあがらせたほど権力をもっていたが、とっている知行の少ないことがわかる。

大名、小名というのは俗ないいかたで、何万石以上が大名で、以下が小名かわからないが、だいたい、十万石をさかいとしていったらしい。すると老中はおおかたが小名である。

しかし、三河譜代の家来は、その小名にすらなれなかったものが多い。かれらは旗本とよばれた。

旗本の数は、「旗本八万騎」といわれるほどあった。旗本は、いざというとき、将軍のそばにかけつける直属の兵だ。

だから、かれらは、禄こそ少なかったが、

「わしは天下の直参だ」

といばっていた。大名でも、旗本にはいちもくおいた。伊達政宗のような荒大名でも、ある酒の席で近藤登之助(こんどうのぼりのすけ)という旗本にせんすでたたかれても、おこるわけにはいかなかった。

直参の旗本は、大名の家来を、陪臣とか、またものとよんでいやしんだ。将軍の家来のまた家来というい みである。

旗本は三河譜代の家来が大部分であった。真に徳川家に忠義をつくす三河いらいのものばかりだった。

この強い兵が、いつも八万人いるのだから、家康は、

「大名よ、いつでも反抗してみよ」

と、びくともしない態度でいられた。

これから、家康が、大名たちを、どんな方法で統率していたか書いてみよう。

家康は、外様大名にすこしもゆだんしなかった。それはほとんど仮想敵としていた。だから、家康の大名に対する方針は、みなそれから出ていた。

家康が外様大名を、江戸から遠いところに移したことは前にのべた。

それだけでなく、外様大名の領国の近くには、かならず譜代大名か、それに近い気心の知れた大名をおいて、いつも見はりの役をさせた。

たとえば、

秋田の佐竹のとなりには、庄内に譜代の酒井をおいた。奥州の外様の南部、伊達、上杉、丹羽には堀田（山形）、保科（会津）、松平（白河）でおさえた。加賀の前田には、東西の越前、越後を親藩でかためた。親藩とは徳川家の親類の藩である。四国の南が、外様の山内なら、北は、親藩の松平と譜代の久松でおさえた。広島の浅野と、長州の毛利は、島根県の松江に親藩の松平と、広島県の福山に譜代の阿部をおいた。阿部は隣国の岡山の池田をも監視した。九州では、鹿児島の島津に、熊本に、譜代ではないが徳川家としたしい細川をおき、福岡の外様大名黒田には、小倉に譜代の小笠原をおくというありさまだ。小笠原は毛利もおさえた。

譜代大名は、日ごろからとなりの外様大名のようすに気をつけるとともに、もし、先方が幕府に反抗して出動することがあれば、兵を出してそれをくいとめる役でもあった。

親藩は、徳川家と血のつづいた親類の藩だが、その中でもご三家といって、水戸、尾張、紀伊がもっとも重かった。

その紀伊の松平頼宣（家康の末子）に向かってさえも、となりの和歌山の浅野長晟が、

「あなたがもし謀反をして大坂に出動することがあれば、私はあなたの足うらにつくめしつぶとなって、しばらくはくいとめますよ」

といったのは有名な話である。

このように、外様と譜代や親藩とをたがいに入りまぜて全国にくばった家康のいきとどいた用意にはおどろく。

そのうえ、京都、大坂、堺、長崎、日田（大分県）のようにたいせつな場所は、大名をおかず、天領といって、幕府の直接の支配地で、代官をおいた。京都だけは所司代といって、おもに、皇室を監督した。

家康が頼朝を尊敬したことは、くりかえしいったが、大坂夏の陣がすむと、頼朝の制度を手本として、「武家諸法度」をつくらせた。大名たちをとりしまる法令である。

これは、家康が、まだ大坂からひきあげて伏見城にいるときに、諸大名を集めて、本多正信に発表させた。

そのおもなことはつぎのとおりである。

一、武道にはげむこと。

一、ぜいたくをしないこと。
一、城は新しくつくってはならないこと。
一、修理するときは、かならず幕府にとどけること。
一、隣国でおだやかならぬようすがあれば、すぐに幕府にとどけること。
一、諸大名の参覲交代の作法のこと。
一、諸国のさむらいたちは、けんやくすること。

このなかで、いちばんおもなことは、居城の新築、修理の禁止、とどけいでと、参覲のことである。

城は大名の住居と同時に、戦争のときの要塞である。いや、要塞がおもな用である。そんなものは新しくつくってはいけない、修理も幕府の許可がいる、というのだ。

この項目にひっかかって、福島正則も本多正純も改易されている。福島正則など、大水で城の石垣がくずれたので、なおしたところ、やられているから、ひどいものである。

家康は、諸大名に、一年は江戸に、一年は国にいる、という制度をつくった。これは、たえず諸大名を、自分のところにひきつけておく必要からだった。

これには、もう一つの目的があった。それは、大名たちに金をつかわせることだった。大名が国から江戸を往復するには、たいへんな費用がかかった。大名は格式にしたがって、供の人数や行列の形式があったから大大名となると、ものすごく金がかかった。

「大名に金があってはならぬ。金が多いと軍資金になる。大名は貧乏でいなければならない」

というのが、家康の方針だった。

おかげで、どの大名も貧乏になった。

それに、参覲交代は、思わぬところに利益があった。

それは、日本全国の交通が急にひらけたことである。大名の通行のために、道路が通じ、大名がとまるために宿場(宿屋を中心とした町)がひらけた。大名のとまる宿屋を本陣といった。

東海道、中山道、奥州街道、甲州街道、それに、家康が死んで日光に東照宮ができてから日光街道があり、以上の五つを五街道といった。

東海道は「東海道五十三次」などといって、弥次喜多の膝栗毛や広重の絵で見られるような宿場ができたのである。

交通の発達は、全国の産物が流れあうことになり、文化も伝わるようになった。

家康は、参観交代がこんなところまで利益があったとは思わなかったであろう。

大坂の役を最後として、戦争はおわったのである。それから明治維新になるまで、日本の国内では戦争はない。

家康は、よく家臣に、

「武道は武士の表芸(おもてげい)だから、武をおこたってはならない」

と、いいきかせた。

自分でも、合戦のあるときは、はじめは采配(さいはい)をふっているが、しまいにはむちゅうになって、

「かかれ、かかれ」

と、げんこで馬の前輪(まえわ)をたたくので指のふしから血が流れた。あとで気づいて薬をつけるが、いつものことなので、とうとう、指の中ぶし四本ともたこができ、年とってから、指ののびちぢみができなかったくらいだった。

そして、よく人に、

「大将たるものが、士卒の後くびばかり見ているようでは勝てない」

といっていた。しかし、戦いが大坂の役を最後としてなくなると、家康の心は、国をおさめることに向かっていった。そのため、戦場で働きするさむらいよりも、

本多正信親子のように、あるいは天海や崇伝(すうでん)のように、知略に長じたものが用いられるようになった。

榊原康政や、本多忠勝も、死ぬるときは、それをくやしがっていた。

忠勝は、家康から病気みまいの品をもらったとき、ふとんの上からおりもせず、

「近ごろは腰がぬけましてな」

といった。

これは、いつぞやの合戦のとき、作戦の会議の席で、本多正信が忠勝の意見に反対したことがあった。忠勝は正信を見て、

「あんたのように、銭のかんじょうばかりしている腰ぬけには、わからんよ」

とののしったが、近ごろ、自分がだめになって、正信ばかりが、重く用いられるので、こんな皮肉をいったのだ。

しかし、世の中は、かわったのである。戦功の士は、しだいに用のないからだとなっていく。

大久保彦左衛門は三河譜代のきっすいの旗本だが、のちになってかれが子孫のために書いた『三河物語』には、その不平をよくのべている。

が、世の中は移ったのである。

学問

家康が大坂の役に勝って、駿府に帰るとちゅうのことである。雨のために、三日ばかりある宿にとまったことがあった。家康は、侍臣に、

「道春がおったのう。道春をこれへよんで論語を講釈させせい」

といった。

雨が降って、たいくつしているときだから、ふつうのものなら、もっと軽いものを聞きたいにちがいない。織田信長なら、

「猿楽（能）を見物したい」

といったであろう。

豊臣秀吉なら、

「茶の湯がしたい」

といったであろう。

家康は、四角ばった論語が聞きたい、というのだ。

学者の林道春が来て、論語を講義しはじめた。家康はねっしんに聞いている。そして道春が、

「ソノ力ヲヨクツクシ、ソノ身ヲヨクイタス」

という文章のところにくると、家康は、

「待て、待て」

といった。それから自分で、

「ソノ力ヲヨクツクシ、ソノ身ヲヨクイタス——か。なるほど」

とつぶやき、道春に、

「この、ヨク、という字をとくにかみしめてあじわうべきだ。なにごとも、なおざりではできぬものだ」

といった。

家康は林道春をそばにおいて、いつも程朱学（中国の学問）を講義させていた。家康は学問にたいそうねっしんだった。

林道春は信勝といい、京都に生まれた。十三歳で唐、宋（中国）の詩文をよみ、東坡（蘇東坡＝中国の学者）全集に朱点をいれた。世間では、かれを神童といった。

二十一歳で朱子集註の論語を講義して門人を多数あつめたので、他の学者から、ねたまれて、家康にうったえられた。家康は、

「学者というものは、せまいことをいう」

とわらい、かえって道春をよんだ。

家康は、そのとき、はじめて会った道春に、テストをしている。

家康は、他の学者といっしょに道春に会ったのだが、家康が、

「光武は高祖（ふたりとも中国の古代の皇帝）から何代へだてているか」

と聞いたが、なみいる学者たちはだれひとりとして答えるものがなかった。家康は道春に、

「おまえは知っているか」

と問うと、道春はすぐに、

「光武は高祖九世の孫です。後漢の本紀にあります」

と答えた。つぎに、

「反魂香（この香をたくと死んだ人がすがたを見せるという）のことは、なんの本にあるか」

と問うと、答えるものがない。道春はまた、

「それは史漢の本文には見えませんが、白氏文集李夫人の楽府と、東坡詩註とには、武帝がたいて、夫人のたましいをよんだ、と書いてあります」

と答えた。また、

「屈原の蘭はなに種か」

と聞くと、道春は、

「朱文公の註には、沢蘭だと出ております」

と、よどみなく答えた。

それで家康は、道春の才を愛して、重用したのである。いらい、道春は徳川家の学問の最高権威となり、子孫は代々ついで「林家」と称された。

道春の先生は藤原惺窩であった。惺窩は藤原定家十一代の孫で、儒学をおさめて有名だった。

文禄二年、家康は、惺窩について『貞観政要』（中国の古い書物の名。十巻にわかれ、太宗という皇帝と臣下との問答を書いたもので、政治上のいさめやよいことを記した。貞観は、唐の太宗〈六二六年―六四九年〉の世で、貞観の治といっていちばん世がおさまったとき）の講義を聞いた。家康は、この書も愛読して、政治の心得の参考とした。文禄二年といえば、秀吉の朝鮮の役のまっさいちゅうで、家康は、そのころから、天下の治国を考えていたのかもしれない。

この『貞観政要』を、家康は慶長五年（一六〇〇年）に出版している。これは版木の活字本であった。前年には『六韜三略』（中国の兵書）を出版、慶長十年には、かれのもっとも愛読する『東鑑』を出版した。

この本の序文に、学僧の承兌（京都相国寺の僧、秀吉に信任せられた）が書いた文章には、

「東鑑は治承四年（一一八〇年）から文永三年（一二六六年）までの八十七年の間のできごとを書いたもので、だれが書いたかわからないのがおしい。長い間をへてきたからわからなくなったのであろう。この本を見れば、よいおこない、悪いおこないが、よくわかる。家康公は、この本をよまれて、よいことは、これにならわれ、悪いところは、反省の材料とされた」

とある。それでもたらず、慶長十七年には林道春に『東鑑綱要』を書かせた。

慶長十年には、『周易』（中国の儒学の経典。易の八卦はこれから出た）を出版、十一年には『七書』（中国の兵書）を出版した。

そのうち、出版の有名なのは『大蔵一覧』（中国文に翻訳された仏教の書籍を系統的に集めたもの）で、銅活字九万を使ってすった。

これは、はじめ学僧崇伝が家康に献上したのを、

「このようなちょうほうな本は、すぐに百部か二百部ほど出版せよ」

と、家康がいったので、三か月ののちにすり版ができた。

文字が、はっきり美しくすられて、みんなほめたとある。これは百二十五部すって、一冊一冊、朱印をおして、寺々に寄進した。

つぎには『群書治要』（中国の書籍）を刊行した。これは職人を京都から呼びよせ、駿府の能舞台の芝居（芝生のこと）を工場としてつかった。不足の活字は、中国人につくらせたが、一万三千あまりつくったという。

こんなことは学問ずきでなければ、やれないことである。伏見に学校（現今のような学校ではない。儒教を教えた。湯島の聖堂のようなもの）を建て、江戸城内の富士見やぐらには、文庫をおいたりした。

家康は、秀吉のつきあいで、茶の湯や、猿楽（能）もしたが、ほんのつきあいていどであった。

あるとき、家康の能の舞いぶりが、おかしいと秀吉のそばのものがわらうと、秀吉は、

「ばかをいえ。舞いのじょうずなものにろくなものはおらん。家康は能がへただか

ら、海道一の弓とりにもなったのだ」

といった。

そのとおりである。家康には、これという道楽はなかった。道楽は、学問とたか狩りだ、と家康はいったにちがいない。

それに、家康の学問は、じっさいに役だつ理論のようなものばかりである。詩や歌はあまりすきでなかった。

家康の学問は、ただの知識欲だけではなかった。学問を自分の身に役だてるように考えた。

あるとき、家康が本多正信にいうには、

「自分はわかい時から戦場をかけまわって学問するひまがなかった。だから、無学でこの老年になった。しかし、老子がいったことばだと人から教えられたのだが、いまだにわすれずにいる。それは足ることを知って足るものは、つねに足る、ということばだ」

と話した。

「足ることを知って足るものは、つねに足る」

というのは、人間の欲にはかぎりがない。その欲を追っていくと、つい身をすぎる。しかし、これでじゅうぶんだという限界を知っているものは、いつも不足を考えずにまんぞくしている、といういみである。

家康の、処世の哲学は、質素倹約だ。「いつも足ることを知っている」かれは、ぜいたくや、むだづかいをきらった。それは自分だけでなく、家臣にも、すすめた。

家康はたか狩りに行くときには、とくべつにべんとうの用意などしないで、にぎりめしの焼いたのを持って行って、野原でも、山でも、二、三度ぐらいにわけてたべた。残りはすてないで、そのまま持って帰るのだった。これは供の家来にもやらせた。

あるたか野のときなど、供のわかい家来が、そのころ流行のかみのゆいかたをしているのを見て、そばによびつけ、

「おまえのおじいさんは、たいへん役にたつ男で武道に心がけ走りまわったものだが、そんなかみのむすびかたはしなかったぞ、ばかものめ」

と、たいそうしかった。家康は、こうもいった。

「武士は武士らしく、土くさいのがよい。さむらいがかごに乗って往来するのは、よろしくない。ことに、五十歳以下のものがつむぎやもめんのごつごつしたのを着

て、す足にわらじで歩いているのを見るのは、気持のいいものだ」

家康は、おさないときから、苦労したから、たえしのぶ、がまんする、という気持を人はもたねばならぬ、とよく家来たちにいいきかせた。

家来のひとりに、とても短気なものがいて、なんでもない話をしていても、すぐ腹をたてて、いいあいをする男がいた。家康は、その家来をよんで、

「おまえは、つまらない世間話を気にして、すぐいい争いをするというが、それではだめだ。おまえが戦いに出るときは、きっと敵の大将をうちとろうと意気ごむことだろう。それと同じ意気で、これからは世間話を気にかけてつまらないことばのはしをつかまえてけんかするという、おまえの心の中にいる敵の大将をうちとってしまえ。そうしたなら、そんな役にもたたない争いなどせんですむだろう」

といいきかせた。

また、あるとき、わかい家来に向かって、

「おまえたちが身を安らかに保っていくのにたいせつなことばがある。それを五字でいうのと、七字でいうのとがある。どれが聞きたいか」

といった。

そこで家来たちが、

「どちらも聞きとうございます」

というと、家康は、

「五字でいうのは、上を見るな、だ。七字でいうのは、身のほどを知れ、だ。おまえたちは、いつもこれをわすれてはならぬ」

と教えた。

上を見ればかぎりがない。自分の身のほどをわすれて、上のほうばかり、うらやましがっていると、身をあやまる、というのである。

また、日ごろから、生活のむだをきらった。

「家来には広いやしきをやってはならぬ。やしきが広いと、これについて、いらぬ建物を建て増ししたり、泉や庭石にこったりして、人を招いて集めるなど、お金ばかり使って、勤務をなまける結果となるものだ」

といったこともあった。

家康がある晩、物音がするので、なにごとかと宿直室に行ってみると、わかい家来たちが、どたん、ばたんと、たたみの上ですもうをとっていた。

「これこれ」

と、家康は笑いながらいった。

「げんきにすもうをとるのはけっこうだがの、これからはたたみを裏がえしてすもうをとってくれ」

また、江戸城内の奥女中たちが、ごはんのおかずにするあさづけが、たいそう塩かげんがからいと、くじょうをいったことがあった。

「あんな塩からいおつけものはたべられません」

と、女中たちは顔をしかめた。

家康は、台所頭の浄慶（じょうけい）というものをよんで、女中たちのくじょうをとりつぐと、浄慶は答えて、

「今でもつけものにするだいこんの数はそうとうなものです。これいじょうに塩をあまくしたら、たいへんです」

といったので、家康は、

「そうか、それでは、今のままの塩からさでよい。あまくしなくてもいいよ」

といった。

将軍の秀忠が、江戸城のあるやぐらに、威厳のために、金の金具をとりつけたことがあった。金具は、遠くからでも、日にはえて、ぴかぴか光り、きれいだった。

家康は、それを見て、

「あんなところに金を使うなどもったいない。とりはずせよ」

と命じて、のけさせてしまった。

このように、家康の質素、勤倹な話は数かぎりない。

家康が死んだあと、駿府にたくさんな金がたくわえられていたのは有名である。家康が、江戸から駿府に移るときにも、すでに、たくさんな金をあととりの秀忠にゆずったのだが、そのとき、秀忠にいさめていうには、

「この金は、天下の金と考えて、けっして私ごとに使ってはならない。天下を平定したから、もう、たくわえの金が少なくてもよかろう、などという考えはよろしくない。つまらぬ出費をつつしみ、金をたくわえることに心がけねばならぬ。金の入用には三つの場合がある。一つは戦争のおこったときの軍用、一つは大火事があったとき、一つはききんや洪水などという天災、凶年にそなえるためである」

と、説明した。

その死

　豊臣秀頼が大坂城で自殺した翌年の、元和二年（一六一六年）の正月二十一日のことであった。

　家康は駿府城を出て、近くの田中というところにたか狩りに行った。

　家康は、その前年の秋にも、江戸にくだって、戸田、川越、葛西、千葉、東金と関東一帯を放鷹に狩りくらしている。

　たか狩りがすきといっても、家康くらいすきなものはいなかった。一つは、自分の健康法でもあった。

　家康は、自分でも、

「たか狩りは遊びのためだけではない。いなかへ出て、百姓の苦しみや土地の風習などがわかるのはもとより、野や山を歩くから、筋肉の運動によく、手足もはたらく。そのうえ、寒い日も暑い日もかまわず、走りまわるから、自然と病気になることがない。朝は早く起き出るし、夜になれば昼のつかれでぐっすりねむれるから、薬を飲むよりからだのためになる」

と、よくいった。

家康は、それればかりでなく、万病丹(まんぴょうたん)という手製の薬を用いたほど、からだには気をつけた。かれが七十五歳の高齢でありながら、わかいものに負けず、たか野に出るのは、日ごろの鍛錬があったためである。

さて、家康は、田中のたか狩りのとき、茶屋四郎次郎を供につれていた。茶屋四郎次郎といえば、まだ信長が生きているころからの京都の豪商で、本能寺で信長が殺されたことを、堺にいる家康に知らせた話は、前に書いたとおりである。

たか野から宿に帰った家康は、茶屋をよんで、

「どうじゃ、上方もだんだんひらけたことと思うが、このごろ、うまいたべものなどはないか」

と聞いた。

茶屋は首をかたむけて、

「そうおっしゃれば、近ごろ、京都ではめずらしい料理がはやっております」

と答えた。

家康が、

「なんだ、その料理は」

と聞くと、

「たいをごまの油であげるのでございますが、なかなか味がおいしゅうございます」

と、茶屋は説明した。

「うむ、それはたべてみたいものじゃ。今夜にでも、つくらせよう」

と、家康は、すぐに家来にいいつけて、手配をさせた。

ほどなく、漁師の家から大だい二本、あまだい三本をもとめることができたので、さっそく茶屋のいうとおりごまの油あげ、つまり、てんぷらにして、出させた。

家康は、たべてみて、

「うむ、これはうまい。うまい」

と、しきりとはしをうごかした。それで、思わずたべすぎしてしまった。家康は、いつも腹いっぱいにたべるということはなかったが、このときばかりは、あまりの美味にわれをわすれたのである。

昼のつかれと、満腹とで、家康はねむくなった。とこにはいると、あとさきわからず熟睡した。

その夜中に、今の時刻でいえば、午前二時ごろであろうか、家康は、ふと、目をさました。ねむっていて、腹がいたむような、ゆめともなく、うつつともなく感じていたのだが、目がさめてみると、はっきり腹がいたむことを知った。腸のあたりが、きりでさすように、ちくちくといたいのである。

「じっとやすんでいれば、なおるだろう」

と、そのまましずかに横たわっていたが、いたみははげしくなるばかりだった。

「これは、いかん」

と思った。もうがまんができないのである。

すずをならしたて、人をよんだ。

宿直の家来が来てかしこまった。

「与安(よあん)が来ていたのう。与安をよべ。少々、腹痛のようだから、薬を持って来いといえ」

薬は家康の手製の、万病丹である。家康についている医者の片山(かたやま)与安がそれを持っているはずだった。

家来は、家康が病気ときいて、びっくりして医者の与安をよびにいったが、今夜にかぎって、どうしたものか与安のすがたが見えなかった。

宿直の四、五人の家来ばかりでなく、寝ているお供の連中は、大あわてで半分は与安をさがしにまわる、半分は家康のかいほうや、警戒にあたるというさわぎだった。

医者の与安は、その晩、用事があって、むだんでよそにとまっていたのをさがし出され、これも、あわてて帰ってきたが、もう朝の光がさすころだった。

家康は、たいそうおこって、ながらくこの医者を、そばによせつけなかった。

家康は、

（たいの油あげがわるかったかな）

と思った。たいがわるかったのか、油がわるかったのか、とにかく家康は、たいのてんぷらにあたったのだ。

その日と、つぎの日も、気分がわるくて、すっきりしない、腹のいたみはとれたが、下痢がつづくのである。

万病丹をのんだせいか、三日めから、すこしはよくなった。二十五日に、やっと駿府へ帰ることができた。

いっぽう、家康の病気のことが江戸に知れると、そのおどろきとさわぎはいいようがなかった。なにしろ七十五歳の老人だし、今までめったに病気ということがなかった家康である。

まず将軍秀忠が、江戸をたったのは三月一日。乗ったかごは、日に夜をついで、翌日の二日には駿府につくという急行だった。

江戸にいる諸大名も、

「それ、大御所さまがご不例（身分のある人の病気をいう）だ」

と、とるものもとりあえず、駿府に急いだから、これらの大名たちの家来や人足やうまやらで、せまい駿府の町は、ごったがえしであった。

秀忠は、ついたその日に、家康に会ったが、顔色も、だいぶんよくなっているので、

「心配してまいりましたが、わりあいにおげんきなので安心しました」

といった。

家康は微笑して、

「将軍家（秀忠のこと）には、わざわざおみまいくださって、ありがとう」

と、礼をいい、

「なに、もうだいじょうぶと思います」

といったが、じつは、これがいのちとりの病気だったのである。

三日には、京都で名高い名医とよばれる医者が三人も駿府にかけつけた。

みな、家康の脈をとり、薬を調合するが、家康は、いっこうに医者の薬をのもうとはしない。

「なに、おまえたちの薬より、万病丹がよくきくよ」

と、手製の丸薬ばかりのんでいる。この薬は、原料が劇薬なので、あまりのみすぎると、かえって毒になるのである。

医者は、それを知っているから、しきりとそのことをいってとめるが、家康は、いっこうにききいれなかった。

四日には、藤堂高虎と僧崇伝をまくらもとによんで、家康は、気持よさそうに雑談をし、ふたりには、なっとうじるのごちそうをするというごきげんだった。

秀忠は、駿府城の西の丸に寝とまりして、本丸の家康の病室に毎日かよって看病していた。しかし、家康の病状が、たいしてわるくないので、みんなほっと安心していた。

六日には、家康は崇伝をよんで、

「群書治要の出版を早くするように、ついてはその校正には、京都の五山の僧を一山よりふたりずつよびよせてあたらせよ」
といいつけた。五山とは、天竜寺（霊亀山）、相国寺（万年山）、建仁寺（東山）、東福寺（慧日山）、万寿寺（京城山）をさした。なお、南禅寺（瑞竜山）は、この五山の、も一つ上位であった。これらの寺の僧はなかなか学問があったのである。学問ずきの家康は、死のとこにあっても、『群書治要』のことが気にかかっていたのだ。

ところが、その月の二十日ごろから、家康の病気はわるくなっていった。その前の日は、おかゆをすこしばかりたべたというので、そばについていたものは、みな、喜んでいたのだったが。

家康の衰弱は日に日に加わっていった。

もう最期が近い、という感じはだれの心にもおきた。

朝廷からは、家康を太政大臣とする、という勅使がつく。尾張義直、紀伊頼宣、水戸頼房（みな家康の子）、伊達政宗、福島正則、黒田長政はじめ、大名たちがぞくぞくとみまいに到着する。駿府城内は、うれいのうちにも、あわただしい空気がただよう。

家康は、これらの大名たちを、ひとりひとり病間によんで、みまいの礼をいい、

「これから自分がいなくなっても、よろしくたのむ」

といった。大名らは、死に近い家康から、これほどまでねんごろにたのまれたというので、みんな、なみだを流して、病室をしりぞいた。

ことに、奥州から、わざわざかけつけた伊達政宗など、手ばなしで泣いて、しばらく家康へものをいうことができなかったくらいである。

家康も、いよいよ最期が近づいたと覚悟した。かれは老中土井利勝に、戦陣のことについてつぎのようにいいのこした。

「今の戦陣のかまえは、鉄砲隊をいちばんさきに出し、つぎがゆみ隊、つぎが騎馬隊だが、これはきまった方法としてはいけない。これからは、鉄砲とゆみとを先に出し、騎馬隊がつぎにし、やり隊がそのつぎにするか、右翼、左翼のまもりにつくか、機に応じて定めるがよい。やり隊には、指揮者をおいて、その命令に従うようにさせよ」

僧天海、崇伝、それに本多正純へのこした遺言はつぎのとおりであった。

「自分が死んだあとは久能山にほうむること。法会（葬儀）は江戸の増上寺とすること。霊牌は、三河の大樹寺におくこと。一周忌（一か年）がすむと、下野の国（栃木県）日光山に小さい堂をたてまつること。これだけを、おまえたちが相談しあって、実行できるようにせよ」

そのほか、こまごまとしたことをいいのこした。

家康は、秀忠に、

「自分が死んだあとも、天下は泰平と思うか」

と聞くと、秀忠は、

「いや、みだれると思います」

と答えたので、家康は安心したということである。秀忠が、その心がまえで、ゆだんのない気持をもっていることに、ほっとしたわけだ。

家康の病気は四月にはいって、いよいよひどくなった。食欲がないので、衰弱は増すばかりであった。

ある日、家来をよび、とこの上で刀をひきぬいて、しばらくながめていたが、

「この刀を徳川家のまもりとして、自分といっしょに、久能山にほうむるように」

といいつけた。

家康は、秀忠はじめ、天海、崇伝、本多正純、土井利勝などに見まもられながら、この世に思いのこすこともなく、安らかに七十五歳の生涯をおえた。

元和二年四月十七日巳(み)の刻(午前十時ごろ)で、初夏の、あかるい日であった。

家康が死んでも、その子孫は三百年間、将軍としてつづいた。

信長の死後、その子、信雄、信孝の末路をみるがよい。秀吉の死後、その子秀頼の最後をみるがよい。さらに、さかのぼって、家康が手本とした源頼朝でさえ、その子、頼家（よりいえ）、実朝（さねとも）の運命をみるがよい。

どれも、信長、秀吉、頼朝の個人的な力の上に政権があったからで、組織がなかったからである。

家康は、晩年、ひたすら幕府という組織の強化に苦心した。個人の力のはかなさを知った家康は、組織の力にたよったのである。

家康のつくった「武家諸法度」「公家（くげ）諸法度」は、幕府の憲法である。のちに幕府の法令はいろいろ出たが、この二つは根本の法理として三百年間かえられなかった。

大名たちは、この法令に、がんじがらめにしばられ、組織、制度の歯車にはさまれて、身動きができなかった。三百年間、大名たちによるひとりの反抗者もなかったのは、そのためである。

家康の功罪については、いろいろ議論もあろう。

しかし、切支丹(キリシタン)を恐れるのあまり、鎖国策をとって世界の窓をみずからとじたのは、いちばんざんねんなことだが、戦国乱世をしずめて、三百年太平のもといをきずいたのは功労である。江戸の町をひらいたことも、てがらの一つであろう。

家康の遺体は、遺言によって久能山にほうむられた。葬列は、秀忠があとにつき、水戸、尾張、紀伊の三家の家老が名代としてそれにつづき、僧天海、崇伝、本多正純、土井利勝も加わった。

山上にみたま屋をつくり、これに納めた。今の静岡県の久能山東照宮がそれである。

死後、「神にまつれよ」とは家康の遺言であった。しかし神仏垂迹(すいじゃく)の説によって「東照大権現(とうしょうだいごんげん)」の神号をおくった。家康のことを、「権現さま」というのは、これからきている。

「権現」の本来のいみをいうとむずかしくなるが、ようするに、わが国の神さまは、仏さまがかりのすがたであらわれたものだという仏教思想からきたもので、権現とはかりに現われている仏の化身という意である。

さて、久能山は、かりの埋葬で、本式の廟(びょう)は、下野の国（栃木県）日光山とした。日光にきめたのは、家康の遺志ということだが、はっきりわからない。

日光に東照宮ができたのは元和三年で、久能山にほうむった翌年であった。しかし、現在の日光東照宮の規模になったのは、家康の孫の家光のときで、寛永十三年（一六三六年）にできあがった。

後の世に、「日光を見ずしてけっこうをいうなかれ」といわれたほど、大金を投じて、当時の建築美術工芸のすべての技術をつくし、装飾は豪華をきわめ、精巧な彫刻、華麗な彩色、目もまばゆい金銀のかざり、朱ぬり、黒ぬり、蒔絵（まきえ）、七宝、象眼、なんでもかでも、あらゆる手段でかざりたてたのが、今に残っているような日光東照宮である。

かんじんの家康の、質素、倹約のおしえとは、まるきり反対だが、これは幕府が威勢を全国に示そうというねらいからであった。

「足ることを知れ」「無用のついえをつつしめ」といっていた家康は、東照宮の奥で苦笑しているかもしれない。

とにかく、家康の教訓をみると、それが、ほんとうの体験からわり出してあるだけにあじわいが深い。

家康は、

「人の一生の中には、三つのかわりめがある。まず十七、八歳のときは、友だちの感化で悪くなることがある。つぎに三十歳ころになると、ものごとに慢心して、老巧のものをばかにする心が起きてくる。最後に、四十歳のじぶんには、万事、今まで経てきたことばかりふりかえって、将来を見ようとはせず、積極性がとぼしくなる。この三度のかわりめに注意すべきで、このかわりめにあたって、身をあやまらぬものが偉人なのである」

といった。

偉人とは、出世するばかりが偉人ではない。こういう、平凡な、なんでもないことに気をつけて、りっぱにこの世に処していくのが、偉人であろう。

こういうことばなど、家康独特のもので、信長、秀吉にいえることではない。

解説

小和田哲男

徳川家康の伝記に関しては、江戸時代、徳川幕府が編纂した『徳川実紀』をはじめ、中村孝也氏の大著『徳川家康公伝』などによって、通説あるいは定説といった形で語られ、それが、小説・映画・テレビドラマでも取りあげられることによって、通説・定説という以上に、「国民的常識」といったものが形作られてきた。

『徳川実紀』にしても『徳川家康公伝』にしても、どちらも大部なもので、誰もが簡単に読めるものではない。そこで、松本清張氏が小学生・中学生向けに家康の伝記としてまとめたものが本書である。家康の子ども時代から天下を取るまでの道筋が、エピソードを交えながら、ポイントを押さえ語られている。青少年向けに書かれたものではあるが、家康のやったこと、やろうとしたことは細大漏らさず取り上げられているので、大人が読んでも勉強になる。「二五〇ページで家康のすべてがわかる本」といってもよいのではないかと考えている。

とはいえ、本書の出版は一九六四年一月である。松本清張氏も一九六〇年代までの研究に依拠しているわけで、現在の研究の到達段階からすると見直すべき点もいくつかある。そのいくつかを具体的に取り上げたい。

優遇されていた今川義元「人質」時代の松平竹千代

本書でも触れられているように、家康は六歳のときの天文十六年（一五四七）、今川義元の「人質」として駿府に送られることになったが、田原の戸田康光が尾張の織田信秀と通じていて、駿府ではなく、尾張の熱田へ連れていかれてしまった。

この一件については、史料としての信憑性が高い『駿府政事録』『駿府記』『松平記』などに、家康が近臣たちに「わしは若いころ売られたことがある」と語っていたという記述があることから信用されてきた。家康がいくらで売られたかは諸書まちまちで、一千貫文とする史料もあれば、五百貫文とする史料もある。

竹千代を手に入れた織田信秀は、父で当主の松平広忠に対し、味方になるよう誘っている。広忠も子どもの命惜しさになびいてくると考えたのである。

ところが、広忠はそれを拒否してきた。「今川義元に出した人質である。竹千代が織田方にあるとはいえ、わが子への愛につられて今川家の多年の厚誼に背いては末代までの恥辱である。人質を殺すも生かすも存分になされよ」との返答であった。最後の、「殺すも生かすも……」というのは本当のことかどうかはわからないが、広忠としては、仮に竹千代が殺されるような目にあっても、今川義元の援助なしには松平家が立ちゆかないことを百も承知していたのであろう。

この竹千代が騙されて尾張に拉致されたというのが通説となっていたが、最近、通説とは異なる説が浮上している。それは、松平広忠が織田信秀と戦って敗れ、広忠から竹千代を人質として差し出したというものである。

それは、新潟県三条市の「本成寺文書」の中にある天文十六年と推定される日覚書状に、松平広忠と織田信秀が戦い、広忠が敗れ「から〳〵の命にて候」という記述に注目した村岡幹生氏が「織田信秀岡崎攻落考証」（『中京大学文学会論叢』第一号、二〇一五年）で述べられたものである。

日覚書状が、自分の耳に入ってきた噂などの伝聞をアトランダムに書き綴ったという性格のものなので、その伝聞が正しいのかどうかといった問題は残るものの、従来説の、騙されて拉致されたというのとは異なる情報もあったことは注目されることがらである。

このあと、竹千代は、二年後、改めて今川義元の人質として、八歳から十九歳までを駿府で過ごすことになるが、単なる人質とは異なるので、私は「人質」とかぎカッコ付きで表現している。ふつうの人質とはちがって、竹千代は相当優遇されていたのである。

優遇されていたことがわかる一つは、今川義元の軍師といわれる臨済寺の雪斎の教えを受けていた点である。本書でも、臨済寺の竹千代手習の間のことがでてきたが、『武辺咄聞書』という史料に、竹千代が雪斎から兵法書などを習っていたことがみえる。

さらに、これも本書にみえることであるが、今川義元の姪にあたる女性と結婚していることである。本書では「今川の部将関口親永のむすめ」となっている。関口親永は、関口義広など、いろいろに書かれているが、関口氏純というのが主流となっている。ただし、本当の義元の姪というわけではなかった。

というのは、実際は遠江の国衆井伊直平の娘が人質として今川義元のところに出され、そのあと側室とされたが、さらに義元の妹という名目で関口氏純に嫁ぎ、そこで生まれた娘というわけなので、系譜上は姪ということになる。はじめ瀬名姫、のち、築山殿となる女性である。

今川義元の尾張侵攻のねらい

さて、本書では、永禄三年（一五六〇）五月十九日の桶狭間の戦いが大きく取り上げられている。以前は、今川義元の尾張侵攻理由として、上洛のためというのが通説だった。京にはいって旗を立てることは義元の年来の宿望である」といった文章にそのことが表れている。

ところが、現在では、上洛説は否定され、⑴三河確保説、⑵織田方封鎖解除説、⑶尾張奪取説などいくつかの説が提起されており、私は、義元自らが出陣していること、今川軍の最大動員兵力二万五〇〇〇で進軍していることから、この際、信長を打ち破り、尾張まで版図に組み込みたいと考えていたのではないかとみている。

江戸を選んだのは家康ではなかった

なお、文章の端々に豆知識的な記述が鏤められていて注目される。たとえば、多くの人は、江戸を居城地として選んだのは家康だと思っているのではないだろうか。今日の大東京の発展を見込んだ家康の先見の明とされることが多い。ところが、実際は、江戸を勧めたのは秀吉だったのである。

もちろん、秀吉としては、家康を遠いところにやってしまいたいという思いもあったであろうし、「まだひらけない土地の関東地方へ家康を追いやったわけでもあろう」といった魂胆もあったと思われるが、家康の選地ではなく、秀吉の選地だったことは松本清張氏の指摘の通りである。

また、その江戸城築城とのからみで、伊奈忠次に光をあてている点も注目に値する。家康の家臣というと、どうしても「徳川四天王」などといわれた酒井忠次・本多忠勝・榊原康政・井伊直政ら武功派家臣が取り沙汰されることが多いが、伊奈忠次ら代官、すなわち吏僚派の果たした役割が正当に評価されているのである。

最後に、最近の関ヶ原合戦研究について触れておきたい。たとえば、本書でも取り上げられている慶長五年（一六〇〇）七月二十五日の有名な小山評定であるが、「小山評定はなかった」とする説が出されて議論になっている。また、九月十五日の合戦当日、通説では寝返りを逡巡する松尾山の小早川秀秋に向けて家康が鉄砲を撃ったという「問い鉄砲」について、それはなかったとする説も出されているのである。

家康にかかわる研究は、これからもさらに深化していくであろう。そのためには、通説あるいは定説といわれるものをきちんと受けとめておくことが必要である。家康の偉大さ、すごさを二五〇ページにまとめた本書がその出発点となっていくように思われる。

本書は、昭和三十九年一月に小社より刊行した文庫を改版したものです。なお本文中には、土民、めくらめっぽう、癩病、めくらなど、今日の人権擁護の見地に照らして、不適切と思われる語句や表現がありますが、作品全体として差別を助長する意図はなく、また、著者が故人である点も考慮して、原文のままとしました。

（編集部）

徳川家康（とくがわいえやす）

新装版（しんそうばん）

松本清張（まつもとせいちょう）

昭和39年 1月20日 初版発行
令和4年 10月25日 改版初版発行
令和5年 3月15日 改版4版発行

発行者●山下直久

発行●株式会社KADOKAWA
〒102-8177 東京都千代田区富士見2-13-3
電話 0570-002-301（ナビダイヤル）

角川文庫 23372

印刷所●株式会社KADOKAWA
製本所●株式会社KADOKAWA

表紙画●和田三造

ISBN 978-4-04-112336-2 C0193

◆◆◆

角川文庫発刊に際して

角川源義

第二次世界大戦の敗北は、軍事力の敗北であった以上に、私たちの若い文化力の敗退であった。私たちの文化が戦争に対して如何に無力であり、単なるあだ花に過ぎなかったかを、私たちは身を以て体験し痛感した。西洋近代文化の摂取にとって、明治以後八十年の歳月は決して短かすぎたとは言えない。にもかかわらず、近代文化の伝統を確立し、自由な批判と柔軟な良識に富む文化層として自らを形成することに私たちは失敗して来た。そしてこれは、各層への文化の普及滲透を任務とする出版人の責任でもあった。

一九四五年以来、私たちは再び振出しに戻り、第一歩から踏み出すことを余儀なくされた。これは大きな不幸ではあるが、反面、これまでの混沌・未熟・歪曲の中にあった我が国の文化に秩序と確たる基礎を齎らすためには絶好の機会でもある。角川書店は、このような祖国の文化的危機にあたり、微力をも顧みず再建の礎石たるべき抱負と決意とをもって出発したが、ここに創立以来の念願を果すべく角川文庫を発刊する。これまで刊行されたあらゆる全集叢書文庫類の長所と短所とを検討し、古今東西の不朽の典籍を、良心的編集のもとに、廉価に、そして書架にふさわしい美本として、多くのひとびとに提供しようとする。しかし私たちは徒らに百科全書的な知識のジレッタントを作ることを目的とせず、あくまで祖国の文化に秩序と再建への道を示し、この文庫を角川書店の栄ある事業として、今後永久に継続発展せしめ、学芸と教養との殿堂として大成せんことを期したい。多くの読書子の愛情ある忠言と支持とによって、この希望と抱負とを完遂せしめられんことを願う。

一九四九年五月三日